KB141766

지금 당장, 행복해야 합니다

지금 당장, 행복해야 합니다

초판 1쇄 펴낸 날 2022년 8월 27일

지은이 | 이신화
펴낸이 | 이종근
펴낸곳 | 도서출판 하늘아래

주소 | 경기도 고양시 일산동구 하늘마을로 57-9 3층 302호
전화 | (031) 976-3531
팩스 | (031) 976-3530
이메일 | haneulbook@naver.com
등록번호 | 제300-2006-23호

ⓒ이신화 2022
ISBN 979-11-5997-073-3 (03810)

*잘못 만들어진 책은 바꾸어 드립니다.
*이 책의 저작권은 도서출판 하늘아래에 있습니다.
*하늘아래의 서면 승인 없는 무단 전재 및 복제를 금합니다.

지금 당장, 행복해야 합니다

행복해지고 싶은 당신에게 전하는 마음의 편지

이신화 지음

행복한 삶을 원한다면 이제부터라도 망각의 다리를 지나 삶의 바다로 나아가야 합니다. 그리고 삶의 바다에서 자신을 있는 힘껏 껴안아야 합니다!

사람들은 세상을 살아가면서 어쩔 수 없이 많은 어려운 일들을 겪게 됩니다. 특히 불의의 사고로 인하여 닥친 불행에는 많은 사람들이 어떻게 대처할지 몰라 쉽게 좌절하는 경우가 많습니다.

의학용어로 '망각의 다리'라는 말이 있습니다. 불의의 사고로 다리를 잃은 환자들이 간혹 수술을 받아 다리가 이미 없는데도 마치 다리가 있는 것처럼 없어진 다리가 간지럽다고 주위 사람들에게 대신 긁어 달라고 하여 주위 사람들을 곤혹스럽게 합니다. 이렇게 이미 없어진 다리를 있는 것처럼 착각하는 것을 일컬어 망각의 다리라고 말합니다. 현실을 받아들이기 싫은 환자들이 사고가 나기 전 그 상태로 자신을 생각하는 것입니다.

세상을 살아가면서 망각의 다리가 꼭 사고를 당한 환자들에게만 적용되는 것은 아닙니다. 부자로 살다가 어느 날 갑자기 부모님이 하시던 사업이 몰락하여 가난한 생활을 하게 되었을 때도 부자 생활에 익숙한 자녀들은 그 사실을 받아들이기 힘들어 그 이전의 생활대로 살려고 합니다. 그러나 현실은 이미 전과는 다르게 판이하게 변해 있습니다. 그래서 자신이 이전의 상황을 그리워하면 할수록 삶은 더 힘들어집니다.

살아가면서 자신이 처한 현실을 바르게 보아야 합니다. 자기가 자신의 삶을 바로 보지 못할 때는 자신의 인생의 향로가 어디로 갈지 알 수가 없습니다. 결국 난파 당한 배처럼 삶의 바다를 이리저리 헤매다가 어디에선가 좌초되고 말 것입니다.

자신을 바르게 보았을 때, 자신의 진정한 삶의 목적을 세울 수 있고, 또 자신의 목적을 향하여 어려움을 딛고 전진할 수 있습니다. 세상을 살아가면서 망각의 다리에 너무 젖어 있지 마십시오. 과거에 집착하여 중요한 것들을 망각하지 마십시오. 지금보다도 나은 내일을 만들어 나갈 수도 있는데 이런 중요한 사실을 망각한 채 과거의 향수에 집착하여 내일을 망가뜨리는 그런 어리석은 일은 하지 마십시오.

· ·

　이제부터 시작해도 늦지 않습니다. 당신에게 늦은 것은 없습니다. 자신이 무엇인가를 깨달았을 때, 그때 시작하면 되는 것입니다. 자신이 무엇을 해야 하는지 깨닫고도 그 일을 하지 않는 사람이야말로 삶에서 지각하는 사람들입니다. 지금이라도 자신이 하고 싶은 일, 해야 하는 일들을 찾아서 그것들을 이루기 위해 삶의 바다로 항해를 떠난다면 행복한 삶을 예약한 것입니다. 또한 지금이라도 망각의 다리를 지나 삶의 바다로 힘차게 출발할 때, 행복한 삶을 약속한 것입니다.

_3장 삶의 찬란한 비행을 준비하며
쓰는 편지

_4장 아침의 좋은 생각으로
　　　쓰는 편지

1 장

삶이 우리를 속일지라도
다시 쓰는 편지

:

삶이 우리를 속일지라도 희망은 날개를 가지고 있다

태양은 또다시 떠오른다. 태양은 저녁이 되면 석양이 물든 지평선으로 지지만, 아침이 되면 다시 떠오른다. 태양은 결코 이 세상을 어둠이 지배하도록 놔두지 않는다. 태양은 밝음을 주고 생명을 주고 따스함을 준다. 태양이 있는 한 절망하지 않아도 된다. 희망이 곧 태양이다. _헤밍웨이

이 세상을 사는 우리는 황량한 세상에서 길을 가다 길을 잃고 그 길에 주저앉아 있습니다. 그래도 길을 가야만 한다는 것이 우리를 아프게 합니다.

너무나 힘들고 슬프게 세상이 다가온 날, 도망치다시피 강원도의 어느 산으로 여행을 떠났습니다. 슬픈 노래가 시리도록 푸른 강원도의 자연을 배경으로 흘러나오고 있었고 그 노래를 들으면서 뺨으로는 눈물 몇 방울이 타고 흘렀습니다. 세상의 어려움에 굴복하여 세상을 피하는 신세가 너무 초라하였습니다.

16

그날 술에 취해 잠이 들었습니다. 얼마를 잤는지 모르지만 목이 말라 잠에서 깨었습니다. 밖은 아직 어둠이 가시지 않는 새벽이었습니다. 무작정 밖으로 나와 산을 향해 걸었습니다. 어둠이 발걸음을 잡아채는 듯하였고 아직 채 녹지 않는 눈이 나를 위태위태하게 하였습니다.

문득 어느 시인의 '밤이 아무리 깊어도 아침은 오는 것' 이라는 시구가 내 머리를 스쳤습니다. 왜 갑자기 이 시구를 생각했는지 알 수 없었습니다. 너무 어려운 상황에 처한 내 자신을 위로하기 위하여, 내 마음속의 또 다른 존재가 이 시구를 불러온 것인지도 모르겠습니다. 어느덧 희미한 여명이 보이기 시작하더니 세상은 이내 밝아졌습니다.

투명한 공기, 살을 벨 것 같은 차가운 바람, 신선하다 못해 자연 속으로 빨려 들어갈 듯한 풍경, 눈 내린 얼음 밑으로 흐르는 개울물, 세상의 어둠을 딛고 서는 햇살 한 줌… 세상이 이렇게 아름다운 것이라는 것을 다시 알게 되었습니다.

전에 본 풍경인데 왜 그때는 못 느끼고 지금 이렇게 아름답게 느끼는 것일까?

경쟁 끝에 다시 경쟁, 비관과 실의의 나날, 미래에 대한 전마의 부재⋯ 이런 것들을 세상의 전부인 것처럼 생각하다가 삶의 끝에 와서 아직도 내게 남은 희망의 한 자락을 보았던 것입니다.

세상은 부정적인 것이 전부가 아니라는 것도, 그리고 지금까지 잊고 있었던 순수의 시절에 읽었던 희망을 주는 시들도 떠올랐습니다.

그래, 사람을 사람답게 해 주는 요소 중에서 희망이 차지하는 자리는 커. 만약 사람이 희망까지 버린다면 무엇으로 세상을 살아갈 것인가? 바다를 떠난 등 푸른 바닷고기라면 죽는 그날까지 바다를 꿈꾸어야 하듯이 사람들도 죽는 그날까지 희망을 간직해야 해. 마지막 순간까지도 희망을 버리지 않는다면 어떤 상황에서도 비상의 날개를 가질 수 있어. 그래, 어려움에 처한 나에게 이렇게 말하고 싶어. 시련을 겪는 자만이 더욱 푸른 아침을 볼 수 있다고.

삶이 우리를 속일지라도 사랑을 잃지 마라
:
삶이 우리를 속일지라도 사랑은 끝나지 않는다

만일 우리 인생이 단지 5분밖에 남지 않았다는 사실을 안다면, 우리 모두는 공중전화 박스로 달려가 자신의 소중한 사람들에게 전화할 것이다. 그리고는 더듬거리며 그들에게 사랑한다고 말할 것이다. _크리스토퍼 몰리

이 세상을 사는 우리는 아주 바쁘게 살고 있어. 지금보다 더 나은 미래를 위해 오늘도 많은 것들을 포기하고 힘들게 하루하루를 살아가고 있어. 더 많은 돈을 벌기 위해… 더 높은 지위에 오르기 위해… 더 고귀한 명예를 얻기 위해… 하루하루를 바쁘게 살고 있어. 그러나 사람들은 가장 중요한 것을 잊어버리고 살아가고 있는 것인지도 몰라. 이 세상을 사는 우리의 가슴에 사랑의 감정이 얼마나 남아 있는지 잘 모르겠어.

지금은 참으로 살기 어려운 세상이야. 신문을 보면 따뜻하고 인간미 넘치는 기사보다는 광기와 폭력이 난무하는 기사들로 가득 차

있어. 그리고 그런 기사들은 매일 늘어나고 있어. 세상은 더욱 살기 위해 어렵게 변해가고 있어. 세상이 이렇게 변했듯이 우리의 사랑의 감정도 점점 메말라 가고만 있어.

지금 사랑으로 가슴 아픈 사람아, 사랑의 아픔이 아무리 깊어도 사랑을 하기 때문이야. 어려운 세상일지라도 사랑을 가슴속에 간직하며 살아야 해.

우리 가슴속에서 사랑이라는 그 소중한 말조차 잃어버린다면 우리는 정녕 사랑이 없는 어둠의 세계에서 살게 될 거야. 사랑이 없는 세상, 참으로 생각하기도 싫은 세상이야. 우리가 만약 사랑을 잃어 버린다면 우리는 동물과 다른 점이 없어. 어려운 시기에도 인간은 사랑을 나누었기에 계속해서 어려움을 극복해 올 수 있었어.

사랑을 꿈꾸고 있다는 것, 그것 자체가 행복한 거야. 세상이 아무리 어려워도 사랑을 버려서는 안 돼. 진정 인간들이란 사랑이라는 감정을 먹고 사는 존재들이야.

나도 이런 세상의 와중에는 매일 새벽부터 저녁 늦게까지 일을 했어. 어떤 때는 며칠씩 철야를 했어. 그래도 행복했어. 사랑이라는 감정을 마음에 품고 그때 서로 거기에 있었기에… 서로 쳐다보는 것으로도 가슴이 뛰었고 행복했어.

그래, 사랑을 버리기엔 아직 일러. 세상을 다시 시작하고 싶어. 정말 아름답게 이 세상을 시작하고 싶어.

만약 사람이 사랑까지 버린다면 무엇으로 세상을 살아갈 수 있을까? 바다를 떠난 등 푸른 바닷고기라면 죽는 그날까지 바다를 꿈꾸어야 하듯이 사람들도 죽는 그날까지 사랑을 간직해야 해. 마지막 순간까지 우리가 사랑을 버리지 않는다면 행복해질 수 있어. 그래, 이렇게 말하고 싶어. 사랑을 느끼는 자만이 더욱 아름다운 삶을 볼 수 있다고.

삶이 우리를 속일지라도 우정을 잃지 마라

:

삶이 우리를 속일지라도 친구는 내 곁에 있다

명성이나, 좋은 술이나, 사랑이나, 지성보다도 더 귀하고 나를 행
복하게 해 준 것은 우정이다. _헤르만 헤세

친구란? 어떻게 정의를 내려야 할까요? 영국의 어떤 출판사에서
'친구'라는 말에 대한 정의를 공모한 적이 있었습니다. 물론 많은
사람들에게서 응모엽서가 왔습니다. '기쁨은 곱해 주고 고통은 나
눠 갖는 사람', '나의 침묵을 이해해 주는 사람', '많은 동정이 쌓여
서 옷을 입고 있는 것' 등의 글이었지요. 그러나 대상을 차지한 내
용의 글은 아래와 같았습니다.

'친구란 온 세상이 다 내 곁을 떠났을 때, 나를 찾아오는 사람이
다.'

가슴에 무엇인가가 다가오면서, 이 말이 좋았기에 몇 번을 되풀
이해서 읽었습니다. 그리고 인디언의 말 중에 친구란 말이 뜻하는

것이 '내 슬픔을 등에 지고 가는 자' 라는 것을 알았을 때, 친구와 우정에 대하여 더욱 깊게 생각하게 되었습니다.

우리는 친구니 우정이니 하는 말을 너무 쉽게 합니다. 친구와 우정을 말하기 전에 '친구란 온 세상이 다 내 곁을 떠났을 때 나를 찾아오는 사람이다', '내 슬픔을 등에 지고 가는 자'라는 말의 의미를 다시 한번 생각해보기를 바랍니다. 이기주의와 허위로 가장한 친구와 우정이 아니라 진정한 의미의 친구와 우정에 대하여 생각할 수 있을 때, 우리는 진정한 친구와 우정의 의미를 알 수 있을 것입니다.

오늘, 다시 한번 친구와 우정에 대한 의미를 생각해봅니다. 그러자 어느 이름 모를 사람의 '이런 사람이 친구입니다' 라는 시가 생각 납니다.

서로 미워하면서도 서로 생각해 주는 것이 친구입니다.
서로의 잘못을 깨우쳐 주는 것이 친구입니다.
서로 한 팔로 안을 수 있는 것이 친구입니다.
서로 내 소중한 모든 것을 주고 싶은 것이 친구입니다.
서로 잘못을 덮어 줄 수 있는 사람이 친구입니다.
서로 아픔을 반으로 나눌 수 있는 것이 친구입니다.
서로 기쁨을 두 배로 할 수 있는 것이 친구입니다.

서로 추억이 하나하나 늘어 가는 것이 친구입니다.

서로 사랑할 수 있는 사람이 친구입니다.

서로 이해할 수 있는 사람이 친구입니다.

서로 상대방을 깊이 아끼는 것이 친구입니다.

서로 위로해 주고 의지해 보고 싶은 것이 친구입니다.

그래, 이렇기에 진정한 친구 한 명이라도 둔 사람은 진정 행복한 사람이야. 사람을 사람답게 해 주는 요소 중에서 우정이 차지하는 자리도 커. 만약 사람이 우정을 버린다면 그 사람의 삶은 얼마나 삭막할까? 세상이 아무리 힘들어도 우정을 버려서는 안 돼. 마지막 순간까지 우정을 버리지 않는 다면 아무리 어려운 상황에서도 우리는 행복해질 수 있어. 그래, 이렇게 말하고 싶어. 우정을 지키는 자만이 더욱 풍요로운 내일을 볼 수 있다고…

2장

한쪽 발을 잃은
비둘기에게 쓰는 편지

어떤 어려운 상황에서도 삶을 포기하지 마라

∶

한쪽 발을 잃은 비둘기에게 쓰는 엽서

폭풍의 들판에도 꽃이 피고, 지진 난 땅에도 샘이 있고, 초토 속에서도 풀은 자란다. 이같이 자연은 사랑과 생명으로 가득 차 있다. 우리는 어떠한 슬픔과 고난 속에서도 쓰러지지 말고, 사랑과 생명의 속삭임에 귀를 기울여야 한다. _바이런

그를 보았다. 새벽 출근길에…

그는 한쪽 발이 없었다. 그래도 그는 당당하게, 이 도시의 변두리에서 자신의 모이를 먹고 있었다. 내가 그를 보았을 때 그와 눈이 마주쳤지만 그는 나를 개의치 않고 자신의 할 일을 하고 있었다.

다리 한쪽이 없는 그, 그는 그래도 누구보다도 당당하다. 그를 보다 문득 이런 생각이 들었다.

다리가 있고, 손도 있는 나는 이 도시의 변두리에서 어떤 모습으

26

로 살고 있는가?

그는 자신의 다리 한쪽이 없어도 나는 데는 지장이 없는지 할 일을 마친 후 햇살 속으로 찬란하게 날아오르고 있었다.

오늘 그를 보면서 알았다. 그래, 다리가 하나 없는 새는 다리가 하나 없다고 해서 날지 못하는 게 아니다. 그런데 나뿐만이 아니라 대다수의 사람들은 다리 한쪽을 잃으면 다른 다리 한쪽이 있음에도 대부분 그 자리에서 허물어지고 만다.

비둘기가 한쪽 발이 없어도 날 수 있듯이 우리네 인생도 설령 뭐 하나 없다고 해서 삶 자체가 끝나는 것은 아니다. 한낱 미물이라는 비둘기도 다리 한쪽이 없는 것에 상관하지 않고 저렇게 찬란하게 하늘을 나는데… 저렇게 열심히 세상을 살아가는데…

나도 그랬지만 우리들은 뭐 하나가 없거나 부족하면 부모를 원망하거나, 세상을 탓하거나, 다른 사람들의 가슴에 상처를 주면서 상대방의 동정이나 연민을 바란다.

비둘기야, 다리 한쪽이 없는 비둘기야. 이 도시의 변두리, 그 어두운 하늘을 날기를 멈추지 마라.

나는 그 비둘기가 날아가는 것을 눈이 시리도록 보았다. 그가 완전히 내 시야에서 사라질 때까지 바라보고 또 바라보았다.

세상으로부터 삶의 지혜를 배워라

：

단단한 바위에 뿌리를 내린 소나무를 보았다

사람들은 항상 자신들의 현 위치는 자신들의 환경 때문이라고 탓한다. 나는 환경을 믿지 않는다. 이 세상에서 출세한 사람들은 자리에서 일어나 그들이 원하는 환경을 찾는 사람들이다. 그리고 그들이 원하는 환경을 찾지 못할 경우에는, 그들이 원하는 환경을 만든다. _버나드 쇼

몇 년 전에 설악산에 간 적이 있다. 아내와 9개월 된 딸도 함께 갔었다.

그런데 6월인데도 왜 그리 날씨가 덥던지, 우리 가족은 별로 구경을 하지도 못하고 콘도에서 시간을 보냈다. 그래도 설악산까지 왔는데, 설악을 구경하지 않고 그냥 간다는 게 말이 안 되는 것 같아 설악에 오르기로 했다. 어린 딸이 있는지라 걸어서 올라가기도 그렇고 해서 케이블카를 탔다. 아주 옛날에 와서 오래간만에 오는 설악이기에 모든 것들이 새롭게 보였다.

케이블카를 타고 산을 올라가다 케이블카 밑으로 한 그루의 소나무를 보았다. 볼품없고 꾸불꾸불한 소나무였다. 그 많은 나무 중에 왜 그 나무 한 그루가 내 눈에 들어왔는지 알 수 없었다.

그 볼품없는 소나무는 단단하고 메마른 바위에 뿌리를 내리고 있었다. 다른 나무에 비해 볼품없고 꾸부정한 그 소나무는 그러나 너무나 당당하게 그곳에 서 있었다.

그는 그곳에서 사막에 있는 듯한 뜨거운 햇살을 온몸으로 받아내고, 한겨울의 칼날 같은 차가운 바람과 눈보라를 이겨내면서 지금까지 왔을 것이다. 풀 한 포기도 제대로 자라지 못할 것 같은 바위 틈에다 뿌리를 내리고 그는 서 있었다.

그때 내 마음속에서 이런 소리가 들려왔다.

바위산에 굳건히 서 있는 한 그루의 소나무는 못될지언정 그냥 평범한 한 그루의 나무라도 되어야 할 텐데…

나는 지금까지 어떻게 세상에 뿌리를 내리고 있었던 것일까? 나는 내가 딛고 선 토양이 너무 나쁘다고, 내 환경이 다른 사람들보다 나쁘다고 투정을 부리면서 세상을 살아오지 않았던가?

저렇게 어려운 환경에서도 소나무는 굳건하게 살아가고 있는데, 난 내 토양만을 탓해 온 것이 참으로 부끄러웠다.

케이블카를 타고 내려오는 길 아무것도 모르는 아니 조금은 알지도 모를 9개월 된 딸에게 소나무를 보게 해 주었다.

저 단단한 바위에 뿌리를 내리고 있는 소나무처럼 이 세상에서 딸이 굳건하게 살아나가길 바라면서, 그 숲에서 어떤 것보다도 당당하게 서 있는 소나무를 어린 딸에게 보여주었다.

기다림과 사랑의 참된 의미를 가슴에 담아라

:

동자승의 기다림과 쥬드의 사랑을…

꽃을 한 송이 심고 밭 하나를 통째로 뿌리를 뽑아버리는 사랑, 하루 동안 우리들을 되살려 놓았다가는 영원히 정신을 잃게 만드는 사랑이란 얼마나 가혹한 것인가! _칼릴 지브란

아주 오래 전에 아마도 TV문학관이라는 프로에서 봤을 겁니다.

언제였는지는 아무도 모릅니다. 그러기엔 전설이겠지요. 어느 깊은 산 속에 나이가 많은 노스님과 아주 나이가 어린 동자승이 살고 있었습니다.

어느 날 스님은 나이 어린 동자승을 암자에 혼자 두고 마을로 내려가게 되었습니다. 스님은 일을 빨리 보고 암자로 돌아가려고 했습니다. 그런데 갑자기 폭설이 내리기 시작했습니다. 스님이 아무리 노력해도 깊은 산 속에 있는 암자로 돌아갈 수가 없었습니다.

스님은 봄이 되어서야 겨우 암자로 돌아올 수 있었습니다. 암자에 돌아온 스님은 볼 수 있었습니다. 동자승은 그 노스님이 내려갔

던 길목을 바라보고 앉아 기다리다가 얼어 죽어 있었습니다.

노스님은 그 자리에 무덤을 만들었습니다. 그러자 동자승의 무덤에서 이름 모를 풀이 자라 봄에 꽃망울을 맺었습니다. 그리고 동자승의 웃는 것처럼 고운 꽃을 피웠습니다. 그때부터 이 이름 모를 꽃을 '동자꽃' 이라고 불렀다고 합니다. 이 꽃의 꽃말은 기다림입니다.

당신이 기다림에 지쳐 있다고 생각된다면 한번 생각해보세요. 동자승의 그 처연했을 기다림을…

그리고 흥행에는 별로 성공하지 않았는데 '쥬드'라는 영화를 보셨는지요.

너무 오래 전에 봐서 잘 생각은 나지 않지만 사촌간의 결혼으로 인하여 사랑은 하지만 그 사랑으로 인하여 불행해지는 한 불쌍한 연인의 이야기입니다.

그 영화에 나오는 연인의 세 자녀는 자살을 합니다. 자기들 때문에 부모들이 고생한다고 생각해서였지요. 그 당시의 문화와 관습이 만들어 낸 문제이지만요. 그 충격으로 그들은 헤어지고 사랑으로 생긴 불행을 명예처럼 안고 살아간다는 이야기지요.

사랑으로 인하여 자신이 불행하다고 생각하는 사람은 이 영화를 한번 보세요. 그래도 자신이 불행하다고 생각하는지요.

　당신이 사랑에 지쳐 있다고 생각된다면 한번 느껴보세요. 그들의 그 처절했던 사랑을…

상처 입은 날개를 가졌더라도 세상을 날아라

⋮

푸른 하늘을 나는 제비를 보았다

조급하게 굴지 마라. 행운이나 명성도 일순간에 생기고 일순간에 사라진다. 그대 앞에 놓인 장애물을 달게 받아라. 싸워 이겨나가는 데서 기쁨을 느껴라. _앙드레 모로아

보고 싶은 당신에게, 여행을 떠나 먼 이국에 왔습니다. 태양이 뜨거운 이곳에서 당신에게 보낼 엽서를 쓰고 있습니다.

오늘은 아침에 일찍 일어나 우리가 머무는 곳에서 여객선으로 1시간 40분 거리에 있는 PP섬에 갔습니다. PP섬이란 섬 모양이 하늘에서 봤을 때 P자 모양을 하고 있기에 붙여진 이름이라고 하였습니다. 원래의 섬 이름이 있을 텐데, 우리를 안내하는 가이드는 원래의 섬 이름을 알지 못했습니다. 원래의 섬 이름은 사라지고 강대국의 글자가 차지한 것을 보았습니다. 이 작은 사실 하나에도 약소국의 비애를 보는 것 같아 마음이 어두워집니다.

PP섬은 작은 PP섬과 큰 PP섬으로 나누어져 있습니다. 그 중 작은 PP섬에는 바이킹 동굴이라는 관광지가 있었습니다. 그 옛날 바이킹들이 바다를 누빌 때 중간 귀착지로 이 섬을 사용했다고 합니다. 그들은 이곳에 머물면서 자기들이 다녀간 흔적으로 벽화를 만들었습니다.

습기와 후덥지근한 기후로 동굴 안에서의 기분은 그리 상쾌하지 않았습니다. 동굴에는 제비가 많이 살고 있었습니다. 제비는 이 섬에다 집을 짓고 살아가고 있었습니다. 제비는 이 섬에다 집을 짓고 살아가고 있었습니다.

그때 원주민으로 보이는 한 사람이 대나무로 만든 사다리를 타고 어두워서 끝이 잘 안 보이는 동굴 위로 올라갔습니다. 가이드는 제비집을 채취하는 방법을 보여주는 것이라고 하였습니다. 그는 능숙한 솜씨로 동굴 위로 올라갔다가 내려왔습니다. 가이드가 제비집에 대하여 설명을 해 주었습니다.

제비가 처음 집을 지을 땐, 자기의 타액에 여러 가지 재료를 섞어 만드는데 이 집을 인간들이 채취해 가면 자기의 피까지 토해 집을 짓는다고 했습니다. 인간들이 그 집까지 채취해 가면 제비는 자기의 털까지 뽑아 집을 짓는다고 했습니다. 이 마지막 집은 제비의 번식을 위하여 채취를 금지하고 있다고 합니다. 사람들은 요리를 위하여 제비집을 채취하지만 제비는 생존권과 그리고 종족을 위하여 피를 토하고 털을 뽑아 집을 짓고 있는 것입니다.

단순히 미각을 즐기기 위해 채취되는 제비집으로 인하여 제비는 하루아침에 자기가 살던 집을 잃어버리고 살기 위해 안간힘을 다해 집을 짓는 것입니다. 제비집 이야기를 듣다가 세상을 사는 사람들의 모습이 떠올랐습니다.

PP섬에서 우리가 머무는 곳으로 돌아오는 길에, 섬 주변을 나는 제비들을 보았습니다. 그들은 눈부신 푸른 하늘을 날고 있었습니다. 사람들의 빼앗음에도 그들은 꿋꿋하게 하늘을 날면서 생존을 위해 힘차게 살아가고 있었습니다.

할미꽃 한 송이의 외침을 들어라

:

길을 가다 할미꽃을 보다

청춘은 퇴색되고, 사랑은 시들고, 우정의 나뭇잎은 떨어지기 쉽다.
그러나 어머니의 은근한 희망은 이 모든 것을 견디며 살아 나간다.
_올리버 호움즈

아주 오래 전에 한 할머니가 큰손녀와 살았습니다. 그러나 할머니는 그 손녀의 괄시에 못 이겨 착한 작은손녀를 찾아 나섰습니다. 하지만 그 할머니는 작은손녀에게 가지 못하고 어느 산마루에서 허기에 지쳐 쓰러졌습니다. 그리고 이내 숨졌습니다.

사람들이 이 할머니를 불쌍하게 여겨 할머니가 죽은 곳에 무덤을 만들었더니 그 이듬해 풀이 자라나 할머니와 같은 모습이 되어서 그 후 사람들은 이 꽃을 할미꽃이라고 부르게 되었습니다.

이 꽃은 슬픔, 추억이라는 꽃말을 가지고 있습니다.

사람이란 왜 이렇게도 어리석고 잔인한 것일까요? 노인을 길가에 쓰려져 죽게 한 그 어리석음과 잔인함은 전설 속에 나오는 이야기에 불과한 것일까요? 아닙니다.

이렇게 어리석고 잔인한 일들은 지금 이 사회에서도 계속해서 일어나고 있습니다. 아이들을 갖다 버리고 늙은 부모를 갖다 버리는 이런 일들이 계속해서 벌어지고 있습니다.

언젠가 고향에서, 버려진 낡은 텐트 안에서 한 노인을 발견하였습니다. 중풍으로 쓰러진 노인이었습니다. 그 노인은 정신이 말짱했습니다. 다만 그때 상태로 보아서 사람들이 발견하지 못했다면 아마도 굶어 죽었거나 얼어 죽었을 것입니다.

담요 한 장과 빵 부스러기들, 노인은 그렇게 추운 겨울에 똥과 오줌을 싸고 움직일 수가 없어 낡은 텐트 안에서 꼼짝 않고 있었습니다. 그냥 자신의 죽음을 기다리면서.......

그 노인은 누구에게도 도움을 청하지 않았습니다. 소리를 질렀다면 틀림없이 누군가 그 노인을 발견할 수 있었을 것입니다. 그러나 그 노인은 버림받은 자신을 운명으로 받아들인 것 같았습니다.

경찰이 오고 그 노인은 병원에 입원하게 되었습니다. 후에 아는 경찰에게 들었는데 노인은 몸이 회복되고 정신이 돌아왔지만 자신의 신상에 대해서는 한마디도 하지 않았답니다. 그리고 자신의 자식들 이야기도 한마디도 하지 않았다고 합니다.

죽음 직전가지 갔다 왔지만 그래도 자신을 버린 그 못난 자식을 사랑했기에…

그 노인은 자식들에게 조금이라도 누가 될까 봐 결국은 아무 말도 하지 않고, 쓸쓸하게 노인복지시설에 수용되었다고 합니다.

사는 것이 아무리 힘들고 어렵다고 하더라도 이렇게까지 어리석고 잔인한 짓을 해야만 했을까? 노인을 버린 그 사람이 누구인지 몰라도 그 사람에게 원망과 저주의 말을 퍼붓고 싶습니다.

오늘 길을 가면서 그 길가에 핀 할미꽃 한 송이를 보았습니다. 그 꽃은 다른 꽃들과는 달리 너무나 슬프게 보였습니다. 마치 그 꽃은 세상을 향하여 우는 것처럼 보였습니다.

연약한 꽃들도 최선을 다해 뿌리를 내린다

⋮

길을 가다 그 꽃을 보다

생활한다는 것은 이 세상에서 가장 드문 일이다. 대다수의 사람들
은 그저 존재하고 있을 뿐이다. _오스카 와일드

길을 가다, 나는 그만 이름도 모르는 들꽃을 밟았습니다. 내 발에
밟힌 꽃은 추한 모습으로 일그러져 있었고 아픔으로 인하여 비명을
질러대는 것처럼 보였습니다.

어느 날, 이 삭막한 도시의 길을 가다 보도 블럭 사이에서 자라고
있는 어느 이름 모를 들꽃을 보았습니다. 그 꽃은 이 도시의 지나
가는 행인들 사이에서 자신의 생존을 위하여 태어나면서부터 세상
과 어렵게 투쟁을 계속해왔던 것입니다. 그러다 내 발에 밟힌 것이
었습니다.

나는 길가에 쭈그리고 앉아 내 발에 밟힌 그 이름 모를 꽃을 한참
동안 넋 나간 듯이 쳐다보았습니다. 많은 사람들이 지나가는 그 길

가에서 어렵게 생존을 하는 그 꽃을 보면서 한편으로는 측은한 생각이 들었습니다.

그러다 나도 한편으로는 그 꽃과 같은 생활을 세상에서 하고 있는 것이 아닐까 하는 생각이 들어 몸서리쳐집니다. 이 세상의 거센 물결 속에서 생존을 위하여 힘들게 아등바등하며 몸부림치고 있는 것 같았습니다. 삶에 대한 어떤 불안과 공포를 품에 안고 이 세상에서 비틀거리고 있다는 생각이 들었습니다.

세상의 거센 물결에 한번 휩쓸리면 그 다음은 생존이 어려워지는 이 세상의 물결 속에서…

그 꽃을 위하여 아무것도 해 줄 수가 없었습니다. 다만 그 꽃이 더 이상 행인들의 발에 밟히지 않기를 바라는 마음밖에 그 꽃을 위하여 아무것도 해 줄 수가 없었습니다.

돌아오는 길에 그 짓이겨진 꽃은 내내 마음에 담겨 있었습니다. 집으로 돌아와서도 아무래도 그 꽃이 마음에 걸렸습니다. 그래서인지 잠을 잘 수가 없어 도시의 야경을 바라보았습니다. 날카로운 이빨을 드러내며 서 있는 빌딩에는 드문드문 불이 켜져 있었고, 도로에는 끊임없이 자동차들이 달리고 있었고, 가로등은 이 도시의 밤을 장악하고 있었습니다.

그 광경을 무심코 쳐다보다가 늦은 시간에도 거리를 바쁘게 걷는 사람들을 보았습니다. 사람들은 지친 몸을 이끌고 내일이라는 삶을 위하여 아직도 잠을 이루지 못하고 저리도 열심히 살아가는 것 같았습니다. 그러자 그 사람들이 아까 보았던 그 꽃에 겹쳐 보였습니다.

잠이 오지 않던 그날, 나는 길가에 무수히 피어 있는 이름 모를 꽃들을 보았습니다. 세상의 물결 속에서도 꿋꿋하게 살아가고 있는… 그리고 세상과 투쟁하고 있는 한없이 연약해 보이는 그 꽃들을 보았습니다. 그 꽃들은 이 밤에도 잠을 이루지 못하고 있었습니다.

며칠이 지났습니다. 나는 그때 지나갔던 길을 다시 지나가게 되었습니다. 나는 그 꽃을 다시 보기 위해 유심히 길을 살폈습니다. 그러나 그 꽃은 눈에 보이지 않았습니다. 몇 번이나 찾아보았지만 발견할 수가 없었습니다.

나는 착잡한 마음으로 그 길을 걸었습니다. 너무도 긴 길을 나는 비틀거리며 걸었습니다. 그리고 자꾸만 그 꽃의 모습이 떠올랐습니다. 마치 비명을 지르며 세상을 향해 생존의 마지막 에너지를 태우던 그때의 그 꽃이…

가도 가도 끝이 없을 것 같은 그 길을 지금 걸어가고 있습니다.
내 마음에 담겨 있는 그때의 그 꽃과 함께 이 길을 가고 있습니다.

내 마음과 몸은 더욱 비틀거렸지만 아직도 갈 길이 멀기에 내 자
신을 곧추세우며 어둠이 내린 이 거리를 걸었습니다.

일곱 번 넘어졌다면 여덟 번 일어나라

:

걸음마를 보면서 작은 지혜를 깨달았다

고난이 있을 때마다 그것이 참된 인간이 되어 가는 과정임을 기억
해야 한다. _괴테

내 딸은 다른 애들보다 조금 일찍 걸었습니다. 돌 전에 걸었으니
까. 그런데 그런 딸이 대견해서 이 글을 쓰는 것이 아닙니다. 어느
책에서 보았지만 기지 않고 빨리 걷는 아이들은 보통 집이 좁은 곳
에 사는 아이들이 그렇다고 했습니다. 즉, 아이들이 집에 길 만한
장소가 없고 장애물이 있다 보니 자꾸 무엇을 잡고 일어서려고 하
다가 빨리 걷는 것이라고 하였습니다.

딸은 걷기 위하여 몇 번씩 엎어졌습니다. 딸이 엎어지는 것이 안
쓰러워 쫓아다니면서 보아도 잠시 한눈을 팔면 또 엎어졌습니다.
그런 딸이 시간이 흐르자 이 흔들리는 세상에서 조금씩 중심을 잡
아갔습니다.

그런 모습을 보던 나는 불현듯 부끄러웠습니다. 어린 아이도 걷기 위하여 저렇게 무수히 엎어지고, 아파하고, 눈물을 흘리고, 그리고 다시 일어나서 걷는 연습을 하면서 끝내 걷는데…

　나는 삶을 어떻게 살아왔는가? 살다가 조금이라도 힘들면 포기하고, 다른 사람들에게 응석어린 도움으로 청하면서 동정을 바라지 않았던가? 나는 삶을 너무도 어설프게 살아왔던 것입니다.

　딸은 걷기 위하여 정말 그 횟수를 셀 수 없을 정도로 엎어졌습니다. 그러던 딸이 이제는 마구 뛰어다니고 있습니다. 지금 내 옆에서… 나는 어린 딸을 보면서 이런 생각이 들었습니다.

　그래, 어린 딸이 그때 그렇게 엎어지고 또 엎어지고 그래도 다시 일어났기 때문에 지금 저렇게 뛰어다니고 있는 것이다. 나도 이 사회에서 뛰어다니기 위해서는 엎어지고 엎어지고 또 엎어져도 일어나야 한다, 내가 언젠가 뛰어다닐 이 세상에서…

남과 어울려 살 때 참다운 삶을 살 수 있다

:

당신을 파멸의 길로 인도하지 마라

고독은 이 세상에서 가장 무섭고 괴로운 고통이다. 아무리 격심한 공포라도 모두가 함께 있으면 견딜 수 있으나 고독은 죽음과 같은 것이다. _게오르규

아주 오래 전에 읽은 짧은 우화가 생각납니다. 그리고 노래로도 만들어져 많은 사람들에게 불려졌던 것으로 기억납니다.

깊은 산 오솔길 옆 작고 맑은 연못에 두 마리의 붕어가 살았습니다. 사이좋게 살던 이 붕어들이 어느 날 의견이 달라 싸웠습니다. 그 싸움으로 인해 한 마리가 죽어 물 위에 떴습니다. 시간이 흐르면서 죽은 붕어가 썩어갔습니다. 덩달아 물도 썩어갔습니다. 남은 한 마리는 썩은 물을 먹어야 했습니다. 한 마리가 죽어 없어지면 혼자 편히 잘 살 줄 알았던 남은 붕어도 썩은 물을 먹고 마침내는 죽었습니다. 그 후 작은 연못에는 아무것도 살지 않았습니다.

이 세상을 사는 사람들도 자그마한 연못 속의 붕어들처럼 자기만 잘 살기 위해 남에게 해를 끼치고 있고 때로는 전쟁을 벌이기도 합니다. 하지만 인간들의 삶도 연못 속의 붕어들 같아서 공동체에서 더불어 사는 그 어떤 존재들을 파괴하면, 그 파괴는 시간이 흐른 후에 다시 자신에게도 영향을 미쳐 삶을 파괴합니다.

우리는 자그마한 연못 속의 붕어처럼 살아서는 안 됩니다.

다 같이 더불어 살 수 있는 길을 모색해야 합니다. 지금 이렇게 황폐화된 세상에서는 사람들에게 더불어 살아가는 지혜가 정말 필요합니다.

3 장

삶의 찬란한 비행을 준비하며
쓰는 편지

당신의 마음에는 나비가 숨어 있습니다

:

비행 준비 완료, 언제든지 어디로나 떠날 수 있습니다

실패는 유한하지만 가능성은 무한한 것이라는, 가능성을 믿는 낙관적인 힘으로 인간은 발전하는 것이다. _탈무드

비행 준비 완료!
당신은 언제든지 어디로나 떠날 수 있습니다.

언젠가 한 마리의 나비가 꽃에 앉아 쉬고 있었습니다. 나비는 기분이 좋고 정말 몸이 아지랑이처럼 가벼웠습니다. 그때 그는 가슴이 찢어질 듯이 울고 있는 애벌레를 만났습니다. 애벌레가 우는 것을 보고 나비의 밝은 마음은 아파왔습니다. 나비는 말했습니다.

"왜 그러니? 내가 좀 도와줄 일이 있겠니?"

"언니가 죽었어."

애벌레는 흐느껴 울기만 했습니다.

"언니는 얼마 전부터 앓았어. 오늘 보니까 슬프게도 언닌 죽어서 껍질만 남았단 말이야."

"가여운 애벌레야. 울음을 그쳐요. 네 언니는 죽은 것이 아니야. 언니의 몸은 훨씬 힘이 세져서 지렁이처럼 기어다니기를 그만 두고 하늘을 날고 있는 거란다. 그리고 오늘은 빛나는 햇살 속에서 춤을 추고 꽃꿀을 빨아먹으면서 돌아다니고 있단다."

"저리가! 이 거짓말쟁이, 악당! 네가 사는 데로 가 버려! 너 따윈 없어도 하나도 쓸쓸하지 않아. 너 따위 거짓말쟁이 얼굴은 보기도 싫어. 난 그런 옛날 이야기를 믿는 바보 같은 배추벌레나 달팽이완 다르단 말이야."

"내가 말한 것은 참말이란다. 너는 믿지를 않는구나. 잘 들어 봐. 그리고 나를 봐요. 내가 바로 너의 언니가 아니니. 기운차고 훨훨 자유자재야. 조금 있으면 너도 나처럼 나비가 되어 하늘을 날게 된단다."

"아아!"

슬픔에 젖은 애벌레는 소리쳤습니다.

"내겐 다 보여 똑똑히. 넌 꿀을 빨아 먹는 귀신이야. 예쁜 날개 따위나 너울거리면서 마당에서 멋대로 지껄여대는구나. 이젠 듣기도 싫어!"

나비는 말다툼을 그만 두기로 했습니다.

"이젠 아무 말도 안 할 거야."

그는 고운 날개를 펼치고 하늘로 날아가버렸습니다. 애벌레는 울
고만 있었습니다.
－오웬의 '어린이의 큰 세계'에서

많은 사람들이 이야기 속의 애벌레처럼 자신의 내면에 숨겨진 자
신의 진정한 모습을 믿지 못합니다.

지금보다 훨씬 더 아름다운 모습으로 새로운 모험과 발견의 나그
네길에 오를 수 있는데도… 사람들은 자신의 진정한 모습을 발견하
지 못하고 삶의 고단한 문턱에만 머물고 있습니다.

당신이 행복해지길 원한다면, 먼저 자신의 내면에 숨어 있는 진
정한 자신의 모습을 새롭게 발견하십시오. 그리고 당신이 보다 인
간답기를, 보다 높이 날기를 꿈꾼다면 삶의 새로운 비행을 준비하
십시오.

비행 준비 완료!

그대는 언제든지 어디로나 떠날 수 있습니다.

두려움은 극복하고 도전할 때 해방될 수 있다

:

어둠이 오더라도 고치를 만드는 일이 당신을 자유롭게 한다

새는 알 속에서 빠져나오라고 싸운다. 알은 세계다. 태어나기를 원하는 자는 하나의 세계를 파괴하지 않으면 안 된다. _헤세

하나의 애벌레로 고치를 만들어 나가면서 그 안에서 불안이 일고 그것이 점점 커집니다. 여태까지 알아 온 것이 모두 이것으로 끝장인 것입니까? 너무나 빨리 암흑이 닥쳐오는 것이 아닙니까? 여태까지 소중히 해 온 것을 모조리 잃는다는 두려움에서 존재의 알 수 없는 그대를 향하여 미치는 것입니까? 알 수 없는 존재의 그대여! 나는 이제 겨우 알았습니다. 이 고치를 만드는 일이 나를 해방시켜 준다는 것을… (조이스 M. 폭스의 글에서)

애벌레가 애벌레로 생을 마치는 것이 아니라 나비가 되듯이 우리의 삶도 애벌레 같은 수준에서 끝나는 것이 아닙니다. 당신의 삶의 고단한 나날들은 당신 자신이 고치를 만들면서, 애벌레가 고치를 만들어 나비가 되듯이 당신 삶의 비상을 준비하는 것입니다.

당신이 조그만 눈을 들어, 조금만 더 넓은 세상을 볼 수 있다면 당신의 삶도 애벌레와 같은 수준에 머무는 것이 아니라 나비가 되어 푸른 하늘을 날고, 꽃과 꽃 사이를 날아다니면서 새로운 꽃들이 이 세상에 피어날 수 있도록 할 수 있습니다.

　진정한 자신의 모습은 내면에 숨어 있습니다. 어느 날엔가 애벌레가 자신의 고치를 벗어 던지고 나비가 되듯이 우리의 삶도 찬란한 순간을 거쳐 나비처럼 세상을 훌쩍 날아오를 것을 믿습니다. 한낱 애벌레가 나비로 바뀌어 태어나듯이, 우리도 우리의 노력에 따라 낡은 생각과 관습을 벗어던지고 비상할 수 있을 것이라고 믿습니다.

　이 세상에 존재하는 어떤 사람이라도 그는 아름다운 생물로서 새로운 모험과 발견의 나그네길에 오를 수 있습니다. 자신에게 주어진 삶의 과정에 충실하면서, 진정한 모습을 찾기 위하여 부단히 노력한다면, 우리의 삶은 분명 세상에 날아오를 것입니다.

희망이 있다면 어떤 어려움도 이겨낼 수 있다

:

희망을 꿈꾸고 있다는 것은 행복하다

평화와 행복만으로 삶이 계속될 수는 없다. 괴로움이 필요하다. 그리고 노력이 필요하고, 투쟁이 필요하다. 괴로움을 두려워하지 말고 슬퍼하지도 마라! 참고 견디며 이겨나가는 것이 삶이다. 삶의 희망은 늘 괴로운 언덕길 너머에서 기다리고 있다. _베를레르

지금 당신은 행복합니까?

'아니라고요?', '예, 행복하다고요?', '아니 잘 모르겠다고요?', '행복이란 말이 너무 추상적이라고요?', '웃기는 소리 좀 그만 하라고요?', '바쁜 세상에 한가한 소리 하지 말라고요? 그렇게 한가한 소리하고 있을 때 경쟁자는 계속 도전해오고 있다고요?', '일단 경쟁자를 이기고 보라고요? 승리는 영원한 법이라고요?', '행복은 세상과의 싸움에서 승리한 사람에게만 보장된다고요? 베짱이처럼 타령만 늘어놓다가는 결국 세상에서 매장된다고요? 끊임없이 일하고, 전사처럼 싸워서 이겨 빼앗으라고요? 행복도 결국은 남의 것을 빼앗아 쟁취하는 것이라고요?'

내 안에 있는 내가 알 수 없는 어떤 존재는 이렇게 나에게 외치고 있습니다.

우리의 행복은 어디에 있는가? 나도 잘 모릅니다. 그러나 단 하나 자신 있게 말할 수 있는 것은 행복은 결과에만 있는 것이 아님을 알고 있습니다. 행복이란 희망을 꿈꾸고, 그 희망을 실현하기 위해서 끊임없이 노력하는 그 과정 속에서 얻을 수 있음을 확신할 수 있습니다.

그렇기에 행복한 삶을 살려면 현실이 아무리 어렵고 슬플지라도 우리가 힘이 다해 쓰러지는 것은 어쩔 수 없지만, 있는 힘을 다 하지 않고 쓰러지는 것은 거부하여야 합니다. 자신의 모든 일에 최선을 기울일 때 그 하루하루의 최선을 다하는 과정 속에서 진정한 행복이 무엇이며, 행복이 어디에 머물고 있는지, 행복을 어떻게 하면 얻을 수 있는지에 대하여 알 수 있게 됩니다.

이런 과정이 힘들고 고통스럽다 해도, 자신의 삶을 위한 자신의 행복을 위한 하나의 삶의 과정으로 받아들일 때 우리는 행복해질 수 있습니다.

파랑새는 이미 당신 곁에 있다

:

아직도 우리에게 희망은 남아 있다

마술은 자신의 마음속에 있다. 마음이 지옥을 천국으로 만들 수도
있고, 천국을 지옥으로 만들 수도 있다. 자신의 마음을 지옥으로
만들고 싶은 사람은 아마도 없을 것이다. 마음을 천국으로 만들고
싶은 이들이여! 자기 마음속에 마술을 부려 즐겁고 찬란한 하루를
만들어라. _에디슨

당신은 동화 속에 나오는 파랑새를 아십니까? 가난한 나무꾼의
아들 치르치르와 딸 미치르는 크리스마스 이브에 같은 꿈을 꿉니
다. 두 남매는 병든 소녀를 고쳐 주기 위해 파랑새를 구하러 나섰
습니다. 그 소녀의 어머니는 선녀였는데 그녀가 빌려준 마법의 모
자가 지닌 능력으로 둘은 꿈, 추억, 밤, 행복, 미래의 나라들을 찾
아다니면서 온갖 경험과 모험을 겪지만 끝내 파랑새를 구할 수는
없었습니다. 그러다가 집에 돌아와 보니 집에서 키우던 새가 바로
파랑새였다는 이야기입니다.

이 동화 속의 파랑새를 당신은 아십니까? 아신다고요. 예. 그러
니 쓸데없는 소리는 집어치우라고요. 세상이 어떤데 그런 한가한

소리를 떠벌이느냐고요. 파랑새는 돈을 벌어 부자가 되면 살 수 있다고요. 그리고 성공을 해 명예를 얻으면 저절로 날아 온다고요. 아니면 인생을 즐기며 놀다 보면 적어도 한두 번 정도는 파랑새를 잡을 기회가 온다고요. 그러니까 한가하게 파랑새 타령은 그만 두고 돈을 벌어 부자가 되든지, 성공을 해 명예를 얻던지 인생을 즐길 수 있는 데까지 즐기라고요. 인생은 승리냐 패배냐 두 가지 길 밖에 없다고요.

결국 행복을 얻기 위해서는 승리해야 한다고요.

돈을 벌어야만 행복해지고, 명예를 얻어야만 파랑새를 잡을 수 있다는, 그리고 꼭 일등을 해서 남 위에 올라서야만 행복해진다는 우리네 세상 사람들의 가치관이 어느 날 저녁에 마음을 더욱 무겁게, 더욱 칙칙하게 만듭니다.

현대인들 가슴속에 아름답고 착한 희망들이 살아 있는가? 예. 아직은 우리들의 참된 희망은 살아 있고 파랑새도 있다고 믿고 싶습니다. 세상은 아직도 밝고, 아름다운 희망에 차서 자신만을 위해서가 아니라 남을 위하여 파랑새를 찾고자 하는 사람들이 있음을 믿고 싶습니다.

누군가를 사랑하고 누군가에게 사랑 받아라

:

그대를 위해 세상의 무엇이라도 되고 싶다

내가 남을 사랑하면 그들은 나를 더욱 더 사랑한다. 남들이 나를 사랑하면 할수록 나는 남들을 더욱 더 사랑할 수 있다. 그러므로 사랑은 무한한 것이다. _브라운

누군가를 사랑하기를,
누군가에게 사랑받기를 갈망하는 당신에게…

지는 태양이 어지러운 세상의 한 자락을 물들이면서 서쪽 하늘에서 지고 있습니다. 세상의 중심으로부터 멀리 떨어진 변두리에도 저녁은 찾아오고 힘들었던 대지에도 어둠이 내립니다. 비둘기떼는 어디론가 잠잘 곳을 찾아 날아갔으며, 동네 골목에서 놀던 꼬마들도 이제는 다 집으로 돌아갔습니다.

이제 세상은 곧 평화로워질 것입니다. 그러나 세상의 평화와는 달리 내 마음에는 내 자신이 주체할 수 없는 격랑이 일어납니다.

60

사람은 고독한 바다 한가운데 떠 있는 섬, 그 섬의 바위들은 희망이고, 나무는 꿈이며, 꽃들은 쓸쓸함, 그리고 개울들은 목마름이다. 그대들의 삶은, 친구여 다른 모든 섬들과 지역으로부터 떨어진 섬이다. 다른 해안을 향해 그대들의 해안을 떠나는 배들이 아무리 많고, 그대들의 항구로 무리지어 오는 배들 또한 아무리 많더라도, 그대들은 역시 고독의 고통과 행복에의 갈망에 부대끼면서 외로운 섬에 남아 있다. 그대들은 동료들에게 알려지지 않고, 그들의 동정과 이해로부터 멀리 떨어져 있다. (칼릴 지브란의 글에서)

사람들은 누군가를 사랑하기를, 그리고 누군가에게 사랑받기를 갈망합니다. 그러나 사람들은 이런 마음과는 달리 지금 고독한 섬에 홀로 남겨져 있습니다.

사람들은 기다리고 있습니다. 자신의 고독을 달래줄 수 있는데 한 사람이 나타나기를…

그러나 사람들은 용기가 없어 자신이 직접 찾아 나서지는 않습니다. 그저 고독의 섬에서 먼 바다를 응시하며 그 바다를 건너 올 사람을 기다릴 뿐입니다. 오늘도 기다리고 있지만 따뜻한 그 사람은 쉽게 나타나지 않고 사람과 사람 사이에 있는 바다에는 파도만이 일렁이고 있습니다.

사랑에는 용기가 필요합니다. 비록 자신의 앞에 놓인 바다가 망망대해일지라도 그 바다를 헤쳐 나가 다른 사람을 만나는 것이 사랑을 기다리는 사람들의 운명입니다.

자신이 사람과 사람 사이에 있는 바다에서 항해를 계속하고 또다른 섬을 찾아 나서야 합니다. 그리하여 고독의 고통과 행복에의 갈망에 부대끼면서 외로운 섬에 남아 있는 따뜻한 사람을 찾아 서로의 고통과 사랑을 나누어야 합니다.

당신에게 이런 과정이 없이는 참다운 사랑이 찾아오지도 않고, 어떤 참다운 행복도 찾아오지 않습니다.

다른 사람들에게 관심을 가지고 사랑하라

⋮

사람들의 가장 큰 죄는 무관심이다

그런데 인간은 왜 이다지도 삶을 유희하는 것일까요, 매일 매일이
마지막 날이 될 수도 있고, 시간을 잃는 것은 곧 영혼을 잃는 것임
을 생각하지 못하고 왜 이렇듯 자신이 행할 수 있는 최선의 것과
누릴 수 있는 최고의 아름다움을 하루하루 미루는 것일까요? _막
스 밀러의 '독일인의 사랑'에서

이 지상에서 가장 아름다운 것, 이 지상에서 가장 고귀하고 빛나
는 것은 자신 속에 숨어 있습니다. 자신과의 치열한 싸움에서 물러
나지 마십시오. 자신과의 싸움을 통해 자신에게 숨겨진 보배들을
찾아내고 그 보배들을 다른 사람들과 나누어야 합니다. 그 보배들
을 다른 사람들과 나눌 때 사랑은 사람들의 가슴에 싹틉니다.

이 세상에서 사람들의 가장 큰 죄가 무엇인지 아십니까? 그것은
무관심입니다. 그리고 그것은 바로 사랑하지 않는 것입니다.

간혹 이런 사람들을 보게 됩니다. 남이 무엇을 하든 관심이 없고

자기만을 생각하는 사람들을 보게 됩니다. 그리고 그들은 말합니다. 나는 남에게 어떤 피해도 주지 않기에 참다운 인생을 사는 사람이라고… 그들이 직접적으로 다른 사람들에게 피해를 주지는 않습니다. 그러나 그들은 거짓 인생을 사는 것입니다. 그들은 사회의 공동체 의식을 파괴하고 이기주의를 퍼뜨리고 있는 것입니다. 그리고 사회의 인정을 메마르게 해 사회를 삭막하게 만드는 큰 죄를 짓는 것입니다.

자신이 남에게 피해를 주지 않았다고 해서 죄를 안 짓는 것이 아닙니다. 가족에 대한 무관심, 이웃에 대한 무관심, 세상에 대한 무관심… 이런 무관심들은 세상의 어떤 죄보다도 더 큰 죄입니다. 남에게 관심을 가지고 사랑할 수 있는 사람이 자신을 사랑하고 이 세상을 사랑할 수 있는 사람입니다. 무관심이야말로 사람의 가장 큰 죄입니다.

마음을 열고 대화를 나눌 때 우리는 행복해진다

∴

만나고 싶습니다. 그대를

남이 당신에게 관심을 갖게 하고 싶거든, 당신 자신이 귀와 눈을 닫지 말고 다른 사람에게 관심을 표시하라. 이 점을 이해하지 않으면 아무리 재간이 있고 능력이 있더라도 남과 사이좋게 지내기는 불가능하다. _로렌스 굴드

세상을 살아 나가면서 우리의 갈등은 점점 심해지고 피곤합니다. 세상은 우리에게 여러 가지를 강요합니다. 어차피 해야 될 일은 즐거운 마음으로 해야 되지만 말처럼 쉽지는 않습니다.

모든 일들에 대하여 짜증과 불만이 고개를 듭니다. 세상에 대한 불평과 다른 한편으로는 불안감도 몰려옵니다. 어떤 때는 한없는 무기력감을 느끼고 물먹은 솜처럼 축 늘어집니다.

세상을 왜 사는가? 참으로 궁금합니다. 다른 사람들은 삶을 어떤 의미로 살아가는지, 그들은 함께 이 문제를 대화해 보고, 내가 가

진 감정들을 다른 사람들과 공유하고 싶습니다. 그러나 말처럼 쉽지는 않습니다. 모두가 저마다 자기 일에 지쳐서 남에게 쉽게 자신의 마음을 열지는 않습니다.

내 마음을 열고 다른 사람들에게 내 감정을 고백하고 싶지만 내자신이 용기가 없어서 그런지 다른 사람들에게 내 감정을 고백하기가 힘듭니다.

만나고 싶습니다. 나를 조금이라도 이해해 줄 사람을, 내 마음을 숨김없이 털어놓을 수 있는 사람을… 이런 사람들을 만나 내 마음을 나누고 싶습니다.

주변을 둘러볼 수 있을 때, 행복을 발견한다
···
모두들 떠나가고 나 혼자 남아 있다

마음의 여유가 있는 사람의 집에는 항상 여유가 있다.
_토머스 모어

세상을 사는 사람들은 모두들 바쁘게 움직이며 살아갑니다. 그러나 도대체 무엇 때문에 그렇게 바쁘고 빨리 움직여야 하는지 그 이유를 알 수 없습니다.

현대 사회가 급격하게 변하고 거기에 적응하며 살아야 하기 때문에 현대인이 되려면 바쁘지 않은 일도 바쁘게 움직여야 되는 것이 아닌가 하는 생각도 듭니다.

삶의 여유가 점점 더 없습니다. 누구는 게으르기 때문에 여유가 없을 것이라고 하지만 꼭 그렇지만은 않습니다.

이렇게 바쁘게 사는 과정에서 모두들 떠나가고 있습니다. 초등학교 때의 정다웠던 친구들, 중고등학교 때의 동창생들 그리고 대학 시절 젊음을 발산하던 친구들… 그 모두들 어디론가 떠나가고 있습니다.

그 추억의 장소에서 나만 지금도 머물러 있는지 모르겠습니다. 떠남과 떠나보냄, 그들을 다시 만날 수 있을까요. 인생이 험난해도 여유를 가지고 살고 싶습니다. 그리고 헤어졌던 동무들과도 다시 만나고 싶습니다.

고독함에서 새로운 세상이 열린다

:

가끔 고독할 줄 아는 사람이 되라

고독함 속에서 강한 자는 성장하지만, 나약한 자는 시들어 버린다.
_칼릴 지브란

자신에게 주어진 고독을 즐길 줄 아는 사람이 되라. 자신에게 주어진 고독이야말로 자신을 자신답게 만드는 자기만의 중요한 재료이니까. 만약 당신에게 특별히 주어지는 고독이 없다면, 당신은 타인과 구별되는 것이 없을 겁니다. 삶을 살다 때로 느끼는 고독은 바로 자기 자신을 만들어 나가는 과정입니다.

살다 보면 사람은 늘 고독할 수밖에 없습니다. 이 세상에 자기와 똑같은 사람은 아무도 없기 때문에… 사람은 운명적으로 고독할 수밖에 없는 존재입니다.

형제여! 그대 영혼의 삶은 외로움에 싸여 있고 그런 외로움과 고독이 아니었다면 그대는 그대일 수 없고 나는 나일 수 없었으리라.

그런 외로움과 고독이 아니었다면 내 그대 목소리를 들으며 내 말소리가 여기고 내 그대 얼굴을 보며 내가 거울을 들여다본다, 믿었으리라. (칼릴 지브란)

이 시처럼 고독은 자신을 만들어 나가는 과정입니다. 삶을 살면서 때때로 자신에게 찾아오는 고독을 즐기세요. 그리고 그 고독 속에서 자신의 진정한 모습을 발견하세요.

고독은 모든 사람의 운명입니다. 이 세상을 살면서 사람은 고독감에서 벗어날 수 없습니다. 천지간에 오직 나라는 존재는 혼자이기 때문입니다.

어떤 인간이라도 지금보다 좋은, 지금보다 완전한 인간이 되고자 할 때 고독해지게 되며, 때로는 고독을 그리워하게 됩니다, 진정 고독할 줄 아는 사람이 행복을 느낄 수 있습니다. 고독을 간직한 당신의 가슴에는 새로운 마력이 생겨나고, 당신의 진정한 운명이 당신을 방문합니다.

자신의 운명은 스스로 개척해야 한다

⋮

날아라. 우리 삶의 무대를 향하여

거룩하고 즐겁고 활기차게 살아라. 믿음과 열심에는 피곤과 짜증
이 없다. _어니스트 핸즈

사람들은 이 세상에서 자신의 삶을 꾸려나가면서 할 일들이 얼마
나 많은가?

사람들은 단순히 먹고 살기 위해 이 세상에 태어나지는 않았습
니다. 사람들은 이 세상에서 좀 더 가치 있고, 뜻있는 일들을 할 수
있습니다. 사람들은 이 세상에서 자신의 신념을 이룰 수 있습니다.
오늘 오래 전에 읽었던 '갈매기의 꿈'을 다시 읽었습니다. 그 책
에 이런 구절이 있습니다.

살기 위한 일이 얼마나 많은가! 어선에서 빵 조각을 얻기 위해 단
조롭고도 꾸준히 날아 오가는 것 대신 살기 위한 이유가 달리 있는
것이다. 우리는 우리 스스로 무지로부터 벗어날 수 있으며, 우리는

우리 자신이 탁월하고 지적으로 우수하며 재능 있는 생물임을 발견할 수 있다. 우리는 자유로워질 수 있다. 우리는 나는 것을 배울 수 있다. ('갈매기의 꿈' 중에서)

사람들이 살아가면서 자신을 둘러싸고 있는 울타리를 벗어나, 조금만 세상을 넓게 본다면, 누구든지 세상의 좁은 울타리를 벗어나 새로운 세상을 볼 수 있습니다. 그리고 그 새로운 세상에서 자신의 꿈을 실현할 수도 있습니다.

스스로 새로운 세상을 보기를 거부하지 마세요. 당신의 눈을 들어 새로운 세상을 보십시오. 그렇게 할 수 있다면 당신이 꿈이라고만 생각했던 놀라운 세계가 당신 앞에 펼쳐질 것입니다.

당신이 살고 있는 이 세상에…

미워하는 마음은 자신은 물론 남에게도 해롭다

⋮

그 꽃 하나를 생각한다

우리가 미워하는 사람에게 못된 짓을 하는 것은 마치 우리들의 마음속에 그에게 가지고 있는 증오에 기름을 붓는 것과 마찬가지다. 반대로 원수를 너그럽게 대하게 되면 우리들 마음속에 응어리져 있는 증오를 깨끗이 씻어내는 결과가 된다. _에릭 호퍼

우리는 많은 식물과 동물들과 어울려 살고 있습니다. 가진 우리나라의 풀들 중에서 며느리밑씻개라는 특이한 이름을 가진 풀이 하나 있습니다. 이 꽃은 우리나라의 어느 산야에서도 잘 자라는 우리 주변에서 흔히 볼 수 있는 풀입니다.

이 꽃에는 슬픈 전설이 하나 있습니다. 아주 아주 오래 전에 며느리를 학대하던 시아버지가 이 풀을 화장실 앞에 심어 놓고 화장지가 없던 시절에 며느리로 하여금 이 풀을 쓰게 하였답니다. 이 풀의 줄기에는 작은 가시들이 무수히 많이 나 있습니다. 그러니 그 학대받던 며느리의 고통은 말할 수 없을 정도였습니다. 이런 일이

있고 난 후부터 이 풀은 며느리밑씻개라고 불리게 되었습니다.

오늘 그 꽃 하나를 생각하며 사람의 마음에 대한 생각이 떠오릅니다. 지독한 미움은 이성을 마비시킵니다. 전설 속의 이야기지만 아무리 며느리가 미워도 줄기에 잔가시가 무수히 많은 풀을 쓰게 했다는 그 마음에 오한이 입니다. 사람의 미움은 '이렇게 잔인할 수도 있구나!' 라는 생각이 듭니다.

이 전설에 나오는 그 깊은 마음에 소름이 끼칩니다. 오늘 비 내리고 바람 부는 밤에 그 꽃 하나를 다시 생각합니다.

사랑한다면 어떤 어려움도 이길 수 있다

⋮

사랑이 그대를 부를 때는 그에 응하라

나는 사랑을 찾아 헤매었다. 첫째는 그것이 황홀을 가져다 주기 때문이다. 그 황홀은 너무도 찬란해서 몇 시간의 즐거움을 위해서 남은 생애를 전부 희생해도 좋다고 생각하는 일도 가끔 있었다. 둘째로는 그것이 고독감 – 하나의 떨리는 의식이 이 세상 너머로 차고 생명 없는 끝없는 심연을 바라보는 그 무서움 – 을 덜어주기 때문에 사랑을 찾아다녔다. 마지막으로 나는 사랑의 결합 속에서 성자와 시인들이 상상한 천국의 신비로운 축도를 미리 보았기 때문에 사랑을 찾았다. _B.러셀

가끔 사랑이 너를 부를 땐 그 사랑에 따르라. 그대를 부를 땐 그를 따르라. 비록 그 길이 험난하고 가파를지라도, 사랑의 날개가 그대들을 감싸 안을 때는 사랑에 몸을 허락하라. 비록 사랑의 날개 속에 숨은 칼이 그대들을 상하게 할지라도 사랑이 그대들에게 말할 땐 또한 그의 말을 믿어라. 비록 북풍이 저 뜰을 폐허로 만들 듯 사랑의 목소리가 그대들의 꿈을 무너뜨릴지라도. … 중략 … 사랑은

그 자체 이외엔 아무것도 주지 않으며 그 자체 이외엔 아무것도 구하지 않는 것. 사랑은 다만 사랑으로 충분하기에.

사랑할 때 그대들은 이렇게 말해서는 안 되리라. '신은 나의 마음속에 계시다'라고. 그보다 '나는 신의 마음속에 있나니'라고 말해야 하리라. 그리고 그대들 결코 사랑의 길을 지시할 수 있다고 생각하지 마라. 만일 그대들이 가치 있음을 알게 된다면 사랑이 그대들의 길을 지시할 것이기에.(칼릴 지브란의 '예언자' 중에서)

이 세상을 살면서 다가오는 사랑을 두려워하지 마세요. 강렬한 사랑의 후유증으로 인하여 파생될 깊은 슬픔까지도…

사랑을 해보지 않은 사람은 이 세상을 살면서 인생의 참된 의미를 제대로 알 수가 없습니다. 자신을 절망의 나락으로까지 몰고 가는 깊은 사랑을 했을 때, 삶의 진정한 의미를 알 수 있습니다.

사랑이 당신을 부를 때 그를 따르세요. 그리고 사랑이 인도하는 대로 그 길을 따라 가세요. 그러면 당신의 삶은 놀라운 환희의 세상에 다다를 테니까요.

삶에 갈증이 난다면 스스로 물을 찾아 나서라

:

갈증, 삶의 갈증들이 자신을 만들어간다

산다는 것이 귀찮다고 실망하지 말라. 모든 사람들이 어깨에 짊어지고 온 세상에 대한 무거운 짐이, 그 사람들에게 스스로의 사명을 완수하는 데 있다. 당신에게 지워진 일을 완수했을 때에만 그 무거운 짐은 없어질 것이다. _에머슨

갈증, 그 근원을 알 수 없는 삶의 갈증들이 밀려와 나를 애타게 합니다. 이 세상에서 지금, 나는 무엇을 할 수 있을까? 지금, 나는 무엇을 해야만 하는가? 이런 삶의 갈증들은 나를 방황하게 만듭니다.

어느 날은 어디론가 떠나 이름 모를 낯선 역에 내려 밤을 지새우고, 어느 날은 주변에 있는 사람들에게 이유 없는 짜증을 내며 화를 내어 타인들에게 상처를 주기도 하고, 어느 날은 자신을 이유도 없이 자학하기도 합니다, 그리고 어느 날은 거리를 배회하기도 합니다.

삶의 갈증으로 인하여 흔들리는 자화상을 볼 수 있었습니다. 하지만 이런 방황들이 삶의 갈증들을 풀어 주지는 못했습니다. 그리고 갈증은 날이 갈수록 더 심해져 갑니다. 정말 누군가 손짓으로 부르는 시늉만 해도 달려가고 싶습니다.

오늘 서로의 삶의 갈증을 이해하는 사람이 있다면 그에게 달려가 갈증을 나누고 싶습니다. 서로가 가지고 있는 삶의 갈증들에 대해 대화하고 싶습니다.

정말 의미 있는 상대를 만나고 싶습니다. 삶의 갈증들에 대해 서로 대화를 나눌 수 있는 상대를, 따뜻한 시간을 같이 가질 수 있는 상대를…

마음속에는 천국과 지옥이 같이 있다

⋮

길은 마음속에 있다

정신이 건강한 사람은 자기에게 어떤 결점이나 부족한 점이 있다 하더라도 다른 능력을 발휘하여 그 부족한 점을 덮는 길을 찾는다. 마이너스를 플러스로 전환시키는 점에 인생의 묘미가 있다. 소경은 보지 못하는 대신에 청각이 일반인 이상으로 예민하게 발달되어 있다. 왼손이 오른손에 비해 부자연스러운 것은, 오른손만 쓰고 왼손을 잘 사용하지 않았기 때문이다. 왼손도 자주 쓰면 오른손과 같이 자유롭게 쓸 수 있다. 길들이면 유용하게 쓸 수 있는 능력을 우리는 많이 가지고 있는 것이다. 지레짐작하여 포기하는 것은 나쁜 습성이다. 자기 약점이나 결점을 보충할 수 있는 다른 능력을 계발하도록 힘쓰자. _로렌스 굴드

어찌 보면 세상은 자신이 마음먹기에 따라 달라지는 것 같습니다.

자신의 마음이 세상을 천국으로 생각한다면 세상은 어느새 천국

이 될 것이고, 자신의 마음이 세상을 지옥으로 생각한다면 세상은 어느새 지옥이 될 것입니다. 어떻게 마음먹느냐에 따라 삶은 변해 갑니다.

객관적으로 볼 때, 두 사람이 똑같은 상황에 처했어도 어떤 사람은 그 상황을 천국으로 생각하고 어떤 사람은 그 상황을 지옥으로 생각합니다.

세상을 긍정적으로 보면서 자신의 마음이 밝은 마음을 가질 수 있도록 노력해야 합니다. 지금은 비록 힘들지만 이 시기가 지나면 기쁨의 날들이 온다는 것을 믿으면서 세상을 밝게 본다면 얼마 지나지 않아 기쁜 세상을 맞이할 수 있습니다.

그러다 보면 세상은 자신도 모르게 조금씩 조금씩 변해 어느 날 당신 앞에는 놀라운 세상이 펼쳐지게 될 것입니다. 눈부시도록 아름다운 세상이…

아이들의 영혼에는 순수함이 깃들어 있다

∶

아이는 세상의 축복이다

언제나 바르게 행동하라! 특히 아이들을 대하는 데 있어서 바르게 하라! 아이들과 약속한 것은 꼭 지켜라! 그렇지 않으면 당신은 아이들에게 거짓을 가르치고 있는 것이다. _탈무드

이 세상의 아이들은 순수합니다. 아이들은 아이들끼리 서로 아무 조건 없이 친해지기도 하고 또 아무런 조건 없이 서로 어울려 놀기도 합니다. 그리고 친구가 슬픈 일을 당하면 아무런 조건 없이 같이 울어주지요,

아이들이 철이 들어 어른이 되면 이제 순수함은 어디론가 사라지고 영악한 계산을 하기 시작합니다.

친구를 사귈 때도 자기의 이해득실을 생각하고, 연인을 사귈 때도 또 결혼을 할 때도 이해득실을 따집니다. 자기에게 이익이 생기지 않는 일에는 무관심해지고, 타인이 불행에 빠져도 자기와 관계

가 없다고 생각되면 아파하지도 않습니다.

세상 사람들은 이런 사람들을 향해 철이 들었다고 합니다. 이익에 밝은 사람들은 세상 사람들이 인정해줍니다. 그러나 이익에 밝지 못해 세상을 약간은 손해 보면서 사는 사람들에게는 철이 없다고 합니다.

그러나 순수하게 사는 사람들은 약간은 손해를 보면서 살지만 행복합니다.

마음이 순수하기 때문에 비록 가난할지라도, 비록 높은 지위를 얻지 못했더라도, 그리고 명예를 얻지 못했다 하더라도 그들은 행복합니다.

때때로 세상을 영악하게 계산하면서 사는 사람들은 불행에 빠집니다. 부를 얻고, 지위를 얻고, 명예를 얻었어도 불행하다고 생각하는 사람들이 많습니다.

세상을 너무 영악하게 살면 불행해질 수밖에 없습니다. 주변에 진정한 친구는 없고 자기처럼 계산에 영악한 사람들만 남게 되니까요.

행복해지길 원한다면 순수한 마음을 가지십시오. 순수한 마음을 가지는 그 순간부터 그대를 둘러싼 불행으로부터 벗어날 수 있으며 삶은 행복해질 수 있습니다.

지금 저 창 밖에서 뛰노는 아이들처럼…

사람과 사람과의 인연은 무엇보다도 소중하다
:
인연을 소중하게 생각하라

인생에서 중요한 것은 좋은 스승, 좋은 친구, 좋은 사람을 많이 가지는 일이다. 그리고 그 인간관계의 포인트는 정직과 감사이다.
_다케우치 히토시

헤아릴 수 없는 많은 시간이 흘러 이 세상이 만들어졌으니 이 세상이 소중하지 않으랴. 그리고 또 헤아릴 수 없는 많은 시간이 흘러 나와 네가 만들어졌으니 나와 네가 소중하지 않으랴. 이런 세상에서 그토록 소중한 나와 네가 만났으니 우리의 짧은 인연도 얼마나 소중한 것이랴.

우리는 세상을 살면서 사람과 사람 사이의 인연을 소홀히 할 때가 많습니다. 그러나 한번 다시 깊게 생각해보세요. 단 한 번만 사는 인생 중에서 다시 돌아오지 않는 어느 한 시간, 다른 사람을 만난다는 것은 다시 돌아올 수 없는 시간 속에서 둘 다 소중하게 만나는 것입니다.

그리고 그 인연은 사람이 세상을 살아나가는 데 참으로 중요한 자산이며 그 인연으로 인하여 자신의 삶은 더욱 풍요로워집니다.

그 중요한 인연을 소중하게 여기세요.

그리고 너와 내가 만약 연인의 인연으로 만났다면 이 또한 얼마나 소중하랴. 우리 사는 세상에서 가장 빛나는 날들이 모여 너와 나 사이에 연인이라는 인연이 생기니 어찌 소중하게 생각하지 않을 수 있으리.

당신이 이겨낸다면 슬픔도 힘이 된다

：

슬픔이 깊으면 기쁨도 깊은 법이다

인생이란 기쁨도 아니고 슬픔도 아니며, 다만 그 두 가지를 지향하고 종합해 나가는 과정에서 파악되어야 할 것이다. 커다란 기쁨은 커다란 슬픔을 불러올 것이며, 또 깊은 슬픔은 깊은 기쁨으로 통하고 있다. 자신이 할 일을 발견하고 자신이 하는 일에 신념을 가진 사람은 행복하다. 돈 있는 사람은 자진하여 돈의 노예가 될 뿐이다. 사람의 가치는 물론 진리를 척도로 하지만, 그러나 그가 갖고 있는 진리보다는 그 진리를 찾기 위해서 맛본 고난에 의해서 개선되어야 한다. _칼라일

그대들의 기쁨이란 가면을 벗은 그대들의 슬픔. 그대들의 웃음이 떠오르는 그 샘이 때로는 그대의 눈물로 채워질 것이니 어찌 그렇지 않을 수 있겠는가? 그대들의 존재 내부로 슬픔이 깊이 파고들면 들수록 그대들의 기쁨은 더욱 커지리라. ...중략... 슬픔과 기쁨, 이들은 결코 떨어질 수 없는 것. 이들은 함께 오는 것. 한 편이 홀로 그대들의 식탁 곁에 앉을 때면 기억하라. 다른 한쪽은 그대들 침대 위에서 잠들고 있음을… (칼릴 지브란의 '예언자' 중에서)

이 세상을 살다보면 어떤 때는 깊은 슬픔과 절망에 빠질 수도 있습니다. 그러나 슬픔에 매몰되어 절망의 깊은 골짜기에 빠지지 마세요.

우리에게 닥칠 슬픔이 우리가 사는 동안에 힘이 될 수도 있습니다. 지금 슬픔에 빠져 있다고 절망하지 마세요. 그리고 다가올 슬픔을 두려워하지 마세요.

삶이란 슬픔의 때가 지나면 기쁨의 때가 오는 것입니다. 슬픔이 깊으면 다가올 기쁨도 더 깊어지는 것이 세상의 이치입니다. 슬픔을 겪어보지 못한 사람은 진정한 기쁨도 느끼지 못합니다.

슬픔에 젖어 있는 이 시간, 슬픔의 내면에는 기쁨이 존재하고 있음을 생각해야 합니다. 지금 이 슬픔의 시간을 참고 견디면 곧 기쁨의 날이 오리니…

자유는 자유를 원하는 자만이 얻을 수 있다

:

자유는 자신이 받아들였을 때 얻을 수 있다

자연의 저습지에서 살고 있는 꿩은 십 보를 가서 겨우 한 번 모이를 쪼고 백 보를 가서 한 번 물을 마시는 부족한 생활을 하고 있다. 그래도 마음대로 실컷 먹을 수 있는 새장 속에서 살기를 원하지 않는다. 자유스런 생활이 바람직한 것이다. _장자

그대들의 집 난롯가에서 그대들이 엎드려 자기 자신만의 자유를 비는 것을 보았다. 마치 압제자 앞에서 스스로 비굴하게 머리 조아려 설사 자기를 죽일지라도 찬양해마지 않는 노예들처럼. 그렇다. 성전의 숲 속에서 그리고 성채의 그늘 아래서 나는 그대들이 가장 자유로운 자신의 자유를 마치 멍에와 수갑처럼 차고 있는 것을 보아왔다. 그대, 내 마음은 내 속에서 피를 흘렸다. 자유에의 욕망이 그대들에게 하나의 자갈이 될 때, 그리고 자유가 최후의 목적이며 기쁨이라고 말하기를 그칠 때, 비로소 그대들은 자유로워질 수 있는 것이기에. 그대들은 실로 자유로우리라. 그대들의 밤이 욕망도 슬픔도 없을 때가 아니라 근심으로 가득 찬 낮에. 허나 차라리 이 모두가 그대들의 삶을 묶고 있되, 그대들 벌거벗고 해방되어 이들 위로

일어설 때에만… (칼릴 지브란의 '예언자' 중에서)

이 세상을 사는 우리는 자유를 갈구하지만 한편으로는 자유를 두려워합니다. 자유에는 그에 따르는 책임과 의무가 있기 때문입니다. 사람들은 자유에 따르는 책임과 의무를 두려워합니다. 그리하여 스스로 자유인이 되지 못하고 스스로 자신을 구속합니다.

사람은 약한 존재이지만 또한 의지와 신념을 가진 존재입니다. 인간의 신념은 인간의 약함을 보완해 주고 인간을 강하게 만들어줍니다. 그리고 그 신념이나 의지를 이루기 위해 노력하다 보면 바로 자신이 바라던 자유를 얻을 수 있습니다.

자신이 자유라고 생각할 때 자신은 자유인입니다. 당당히 세상을 향해 자유인이라 말하고 그렇게 행동하면 바로 자유인이 되는 것입니다.

철이 든다고 하여 소중한 것들을 잃어버리지 마라

⋮

수족관에 갇힌 물고기가 되어 세상을 보았다

역경에 처했을 때 행복한 나날을 그리워하는 것만큼 고통스러운
일은 없다. _단테

빛나던 생의 짧은 순간, 나는 그 누구보다도 세상을 마음껏 헤엄
쳐 다녔습니다. 이 세상을 발길 닿는 대로 가고 발길 머무는 곳에
머물렀습니다. 그러나 이제 그 빛나던 시절은 어디론가 가고 나는
이 세상의 작은 수족관에 갇혔습니다. 당신은 나에게 말했습니다.

"세상을 살면서 철이 든다는 것은 자신이 가졌던 자유, 꿈, 희망,
열정들을 잃어버리는 과정이야. 세상을 유영하는 것이 아니라 이제
세상의 한 부분에 적응하면서 그 속에 갇혀 자신을 잃어버리는 것
이야."

이 세상 사람들은 수족관으로 들어가는 것이 세상에 적응하는 것
이라고들 말하지만, 나의 빛나는 지느러미도 수족관에서는 이제 빛

을 잃어버리고 시들시들해지고 있습니다.

세상을 마음껏 유영하고 싶지만, 이미 흘러간 시간을 되돌릴 수 없듯 이제는 다시 그렇게 할 수 없으리라. 이제 다시는 돌아올 수 없는 시간들이어라. 떠나버린 시간들은 추억이 되어 기억의 강으로만 흐를 뿐 다시는 내 곁으로 돌아오지 못하리라.

등 푸른 바닷고기로 이 세상을 헤매던 나는, 어느새 수족관에 갇힌 한 마리의 물고기가 되어 이 세상을 지나가는 행인들을 바라보고 있습니다. 그리고 그 행인들도 나를 바라보고 있습니다. 수족관에서 수족관에 갇힌 타인을 바라보고 있습니다.

자신의 운명을 스스로 개척할 때, 행복해진다

:

행복에 이르는 길로 자신을 인도하라

행복하다고 하는 사람은 불행한 사람이 아무 말 없이 자신의 무거
운 짐을 짊어지기 때문에 행복을 즐길 수 있는 것이다. 이처럼 불
행한 사람의 침묵이 없었던들 행복 같은 것이 있을 리 없다.

_체호프

사람들은 누구나 행복을 추구합니다. 행복을 추구하는 마음은 인
간의 본성입니다. 그리고 자신을 가꾸고 행복해지려고 노력하는 것
도 바로 세상을 살아가는 사람들의 마음입니다.

세상을 살다보면 자신의 행복을 위해 남의 행복을 빼앗는 사람들
이 있습니다. 참으로 추한 모습입니다. 사람들은 누구나 행복을 추
구하는데 자신의 행복을 위하여 남의 행복을 빼앗는 것은 결국 사
람들이 어울려 살고 있는 공동체의 질서를 무너뜨리고 남의 행복도
잠식하는 것입니다.

자기만 행복하기 위하여 남의 행복을 빼앗은 여파는 그 당사자에게도 닥쳐올 것입니다.

행복은 돈이 많다고 해서 권력을 얻었다고 해서 또는 명예가 있다고 해서 이루어지는 것이 아닙니다. 이런 것들은 행복을 이루기 위한 도구에 지나지 않습니다. 돈이나 권력, 명예를 얻지 못해도 행복을 이룰 수가 있습니다. 또 이런 것들을 다 얻었다고 해서 행복해지는 것은 아닙니다.

진정한 행복은 자신의 마음속에 있습니다. 남을 생각할 수 있는 마음, 그리고 집착하지 않는 마음, 세상을 살아가는 데 노력하는 마음… 이런 것들이 우리에게 진정한 행복을 가져다줍니다.

행복은 자신의 운명을 자신 스스로가 개척해 나갈 때 얻을 수 있는 것입니다.

사랑을 모르면 많은 것을 소유해도 불행하다

:

우리는 행복하게 해 주는 것은 무엇인가?

내가 인간의 여러 언어를 말하고 천사의 말까지 한다 하더라도 사랑이 없으면 나는 울리는 징과 요란한 꽹과리와 다를 것이 없습니다. 내가 하느님의 말씀을 받아 전할 수 있다 하더라도, 온갖 신비를 환히 꿰뚫어 보는 모든 지식을 가졌다 하더라도 산을 옮길 만한 완전한 믿음을 가졌다 하더라도, 산을 옮길 만한 완전한 믿음을 가졌다 하더라도, 사랑이 없으면 나는 아무것도 아닙니다. 내가 비록 모든 재산을 남에게 나누어 준다 하더라도, 또 내가 남을 위하여 불 속에 뛰어든다 하더라도, 사랑이 없으면 모두 아무 소용이 없습니다. 사랑은 오래 참습니다. 사랑은 친절합니다. 사랑은 시기하지 않습니다. 사랑은 무례하지 않습니다. 사랑은 사욕을 품지 않습니다. 사랑은 성을 내지 않습니다. 사랑은 자랑하지 않습니다. 사랑은 불의를 보고 기뻐하지 아니하고 진리를 보고 기뻐합니다. 사랑은 모든 것을 믿고, 모든 것을 바라고, 모든 것을 견디어 냅니다.

_고린도전서 13장

현대인들은 아주 바쁘게 살아가고 있습니다. 지금보다 더 나은 미래를 위해 많은 현대인들은 오늘도 힘들게 살아가고 있습니다. 더 많은 돈을 벌기 위해 하루하루를 바쁘게 살고 있습니다.

현대인들은 바쁘고 복잡한 생활 속에서 가장 중요한 것은 잊어버리고 살아가는 것이 아닌가 하는 생각이 가끔 듭니다. 현대인들이 가슴에 사랑의 감정이 얼마나 남아 있는가 하는 의문입니다. 아직까지 조금이라도 남아 있는지 잘 모르겠습니다.

갈매기의 꿈에 나오는 한 대목이 생각납니다.
'어느 새보다도 높이, 어느 새보다도 빠르게, 그리고 어느 새보다도 멋지게 날려는 집착으로부터 벗어나 하늘의 진리를 발견했을 때 갈매기 조나단은 또 다른 삶의 의미를 깨달았습니다. 그것은 사랑이었습니다'

사랑이 없는 부와 권력, 명예는 사람을 행복하게 만들지 못합니다. 삶을 살면서 사랑의 의미를 깨달을 수 있을 때, 우리는 진정한 행복의 의미를 알 수 있을 것이라는 생각이 듭니다. 우리를 행복하게 하는 것, 그것은 사랑이었습니다.

찬란한 비상은 자신의 의지가 있을 때 가능하다

:

삶의 마지막 순간에는 가시나무새처럼 되고 싶다

남의 일을 잘 알고 있는 사람은 똑똑한 사람이다. 자기 자신을 잘 알고 있는 사람은 더 총명한 사람이다. 그리고 자기 자신을 이겨내는 사람은 그 이상으로 강한 사람이다. _노자

세상을 정말로 아름답게 살고 싶습니다. 한 번뿐인 나의 생이기에…

그 누구보다도 열심히 세상을 살고 싶습니다. 그리하여 내가 이 세상을 떠날 때는 생의 마지막 순간, 그 순간에 가장 아름다운 목소리로 자기의 생명을 태워 단 한 번 울고 간다는 전설의 새인 가시나무새처럼 이 세상을 떠나 저 푸르른 창공으로 비상하고 싶습니다.

당신은 말합니다.

"자신의 삶이란 그 누구도 대신 살아 주지 않고 또 남의 삶을 대신 살아 줄 수도 없어. 그런데 사람들은 왜 그렇게도 자신의 생을 낭비하고 소중하게 여기지 않는지 모르겠어. 다시는 돌아올 수 없는 소중한 자신의 시간을 왜 그렇게 낭비하면서 삶을 탕진하는지 모르겠어. 사람이 살면서 한 순간 방황을 하는 것을 예기하는 것은 아니야. 젊은 날의 방황은 그 어떤 것보다 소중한 것이야. 방황이란 사람들이 무엇인가를 이루기 위한 삶의 과정이니까. 그러나 방황이 아니라 방탕한 삶을 사는 사람들이 너무나 많아. 그들은 이 세상에서 자신이 무엇을 해야 하는지 모르고 하루하루 되는 대로 순간적으로 찰나의 삶을 살고 있어."

세상의 법과 관습이 나를 가만히 두지 않고 끊임없이 변질과 굴절을 요구하지만, 나는 이 세상을 순수하게 살고 싶었습니다. 감정이 메말라버린 앙상한 영혼으로 돈과 지위를 쫓아다니는 그런 부류에서는 벗어나고 싶었습니다. 이 세상을 살면서 단지 먹고 사는 것과는 다른 뭔가 다른 일을 하고 싶었습니다.

갈매기 조나단이 어선에서 얻어 먹는 먹이에 열중하기보다는 하늘을 나는 것에 열중했던 것과 같이 이 세상에서 뭔가 특별한 일을 하고 싶었습니다. 그리하여 내가 이 세상을 떠날 때 그 일이 무엇이었든지 간에 가시나무새처럼 가장 아름다운 순간이 되도록 살고 싶었습니다.

먹이 구하기에 급급하지 않고 그것보다는 보다 더 높이 날려고 했던 갈매기 조나단, 오늘 그 갈매기 조나단, 오늘 그 갈매기 조나단이 몹시도 그리워, 소설 갈매기의 꿈을 다시 읽었습니다. 이제라도 내 자신이 잃어버린 꿈을 다시 생각하고 싶었기에… 그 전에 읽었던 소설이지만 다시 읽었습니다.

세상을 살면서 먹고 사는 데 급급해서 내가 잃어버렸던 나의 꿈들, 그 꿈들을 다시 내 기억 속에 담으면서 지금이라도 내가 이루고 싶었던 꿈들을 다시 이루려고 노력하면서 세상을 살고 싶습니다.

마지막 순간, 부끄럽지 않게 이 세상을 떠나고 싶습니다. 생의 마지막 순간 남은 모든 생명을 태워 가장 아름답게 울고 간다는 전설의 가시나무새처럼…

4 장

아침의 좋은 생각으로
쓰는 편지

지혜로운 사람은 합리적인 판단을 할 줄 안다

:

역사 속의 거짓들에 속지 마라

수로를 관통함으로써 양쪽의 물이 똑같아지는 것처럼, 지혜의 속성 가운데 현자의 지혜가 무지한 자의 지혜로 가는 것이 있다면 정말이지 그보다 좋은 일은 없을 것이다. 그러나 문제는, 지혜는 스스로 헤아려야 한다는 것이다. 곧 지혜란 스스로 애를 쓰고 노력해야만 얻어지는 것이다. _톨스토이

역사 속의 거짓들이 우리를 혼란하게 할 때가 많습니다. 당신도 아마 네덜란드의 소년의 이야기를 기억하고 있을 겁니다.

네덜란드는 육지가 바다보다 낮은 지역이 많습니다. 그래서 네덜란드에는 바다를 막아 육지를 만든 곳이 많아서 다른 나라보다 제방이 많이 있습니다.

어느 날, 네덜란드에 살고 있던 어떤 소년이 바닷가 제방을 걷고 있을 때 제방에 구멍이 나 물이 새어 나오고 있었습니다. 소년은 제방을 몸으로 막았습니다.

그대로 두면 마을이 물에 잠기고 많은 사람들이 죽을 거라고 소

년은 생각했습니다. 물이 더 많이 새어 나오자 소년은 온 몸으로 제방의 구멍 난 부분을 막아 마을과 마을 주민들의 생명을 구했다는 이야기입니다.

어렸을 때 배운 교과서에도 실려 있기 때문에 아마도 웬만한 사람들은 기억하고 있을 것입니다. 그러나 정작 네덜란드에서는 이 소년의 이야기를 잘 모른답니다. 그리고 실제로 그런 일도 없었고 제방을 소년의 몸으로 막아 마을을 구한다는 것 자체가 불가능하다고 합니다. 어떻게 이런 허상의 역사 이야기가 이렇게 유명해졌는지 알 수가 없습니다.

그리고 워싱턴 대통령의 어린 시절에 대한 이야기를 많이 들었을 겁니다.

어린 워싱턴은 실수로 벚나무를 잘랐지만 그는 그 실수를 벌을 무릅쓰고 밝혔다는 이야기를 알 것입니다. 그러나 이 이야기도 실제로 있었던 일이 아닙니다. 전기작가가 대통령의 어린 시절을 쓰다 더 많은 감동을 주기 위해 만들어낸 이야기입니다.

그러나 우리는 이런 이야기를 진실로 받아들입니다.

역사 속의 거짓들이 진실이 되어 버립니다. 그래도 위의 두 이야기는 해를 주지 않는 이야기지만 우리나라에서는 친일파들이 독립

육공자로 분류되고 또 왜곡된 많은 이야기들이 만들어졌습니다. 이름도 없이 조국을 위해 싸우다 죽은 사람들이 숱하지만 제 한 몸 편하자고 일제에 협력한 사람이 어떻게 독립유공자로 분류되어 역사를 오도하는지 정말 알 수가 없습니다.

　세상을 살면서 우리는 정말로 지혜로워야 합니다. 우리가 진실이라고 생각한 것이 어느 한 순간 거짓으로 밝혀질 수도 있습니다. 그렇기에 진실이라고 믿는 것에 너무 집착하는 것은 좋은 태도가 아닙니다. 우리가 어떤 것에 집착하다 보면 그 허위의 거짓 속에서 벗어날 수가 없습니다. 진실로 지혜로운 자는 책이나 글을 읽지만 그것을 전부 진실로 받아들이기보다는 자신이 살아온 경험이나 주위의 많은 환경들을 고려하여 판단합니다. 너무나 혼란스러운 시대를 살아가는 우리는 정말로 지혜로운 사람이 되어야 합니다.

눈에는 보이지 않지만 삶의 중요한 것들을 보아라

⋮

보이지는 않지만 그것이 있음을 믿어라

사람은 부족함을 깊이 깨달으면 깨달을수록 좋다. 그것이야말로
행복의 출발이다. _빌리 그레이엄

이 험한 세상을 살면서 점점 꿈을 잃어가는 나에게, 조그마한 여유도 없이 현실을 각박하게 사는 나에게 당신은 말했습니다.

"이 세상에서 보이는 것보다 보이지 않는 것들이 더 많아. 그리고 눈에 보이는 것들보다 보이지 않는 것들이 더 소중할 수도 있어. 눈에 보이는 것들만 믿는 사람은 눈에 보이지 않는 것들을 볼 수 없을 뿐더러 그 가치도 모르지. 그들은 삶에 있어서 소중한 것들을 깨닫지 못하고 삶을 낭비하지."

오늘 나는 당신의 말을 깨달을 수 있는 소중한 한 편의 글을 읽었습니다.

"저 보리수나무에서 열매 하나를 따오너라."

"여기 따왔습니다."

"그것을 쪼개라."

"예, 쪼갰습니다."

"그 안에 무엇이 보이느냐?"

"씨가 있습니다."

"그 중 하나를 쪼개보아라."

"쪼갰습니다."

"그 안에 무엇이 보이느냐?"

"아무것도 보이지 않습니다."

그는 계속해서 아들에게 말했습니다.

"총명한 아들아! 네가 볼 수 없는 이 미세한 것, 그 미세함으로 이루어진 이 큰 나무가 서 있는 것을 보아라. 보이지 않는 것이지만 그것이 있음을 믿어라." ('우파니샤드' 중에서)

오늘 나는 알았습니다. 이 세상을 살면서 눈에 보이지도 않지만 이 세상을 있게 만드는 것들을 알게 되었습니다. 공기가 보이지 않는다고 해서 없는 것이 아닌 것처럼 우리 눈에 보이지는 않지만 우리를 있게 하는 세상의 것들을 알게 되었습니다.

자신의 눈에는 보이지 않으나 자신의 마음속에 있는 것들을 믿어야 합니다. 자신의 마음에 내재되어 숨어 있는 것들 믿지 않는다면, 이 세상의 그 어떤 것도 믿을 수 없고 그 어떤 것도 이룰 수가 없습니다.

꿈, 희망, 자신감, 열정, 믿음, 사랑… 이런 눈에 보이지 않는 것들을 믿지 않는다면 우리는 이 세상에서 그 어떤 일도 할 수가 없습니다. 위의 이야기처럼 보이지는 않지만 엄연히 존재하는 중요한 것들을 믿는 지혜를 지니고 세상을 살아야 한다는 생각이 듭니다.

눈에 보이는 것들만 보고 믿으려고 한다는 이 세상의 근본적인 것들을 하나도 알 수가 없습니다. 이 세상에는 눈에 보이는 것보다는 눈에 보이지 않는 것들이 더 많기에 이 보이지 않는 것들을 깨닫고 세상을 살아가는 데 있어 지혜로 삼아야 합니다.

오늘 눈에는 보이지 않으나 공기를 호흡하고, 오늘 눈에는 보이지 않지만 사랑을 하고, 오늘 눈에는 보이지 않지만 믿으며 이 세상을 살아가려 합니다. 눈에 보이지 않는 많은 것들을 믿으며 살려 합니다.

남을 희생시키며 얻은 위대함은 사라져야 한다

⋮

다시는 피라미드를 세우지 마라

힘 없는 정부는 미약하고, 정의 없는 힘은 포악이다. _파스칼

"이 세상에서 또 다른 형태의 어떤 피라미드들이 세워지거나 세울 시도를 해서는 안 돼."

이집트에 가면 많은 피라미드들이 있습니다. 사람들은 피라미드를 보고 감탄하기도 하고 그 웅장함에 역사적 건축물이라고 찬탄하기도 합니다. 그러나 조금만 생각을 하다 보면 금방 깨달을 수 있습니다. 이집트에 있는 그 거대한 피라미드를 세우기 위해 수많은 사람이 죽었고 강제부역에 시달렸습니다.

그것도 한낱 왕의 무덤을 만드는 데 그 많은 사람들이 희생을 당하였습니다. 그리고 피라미드가 완성된 후 사람도 같이 순장해버린 흔적들이 곳곳에 남아 있습니다.

인간의 이기적인 욕심과 그 욕심을 채워주는 이 세상의 불균등한 모순을 이집트에 있는 피라미드를 통하여 생각합니다.

이 세상의 어떤 피라미드도 다시 만들어서는 안 된다는 생각이 듭니다. 피라미드는 역사상 위대한 건축물인 것은 분명하지만 그것으로 인하여 희생된 많은 사람들을 생각할 때 이 지상에 다시는 피라미드와 같은 건축물이 세워져서는 안 됩니다.

이기주의와 탐욕이 낳은 이런 건축물들을 다시 세울 때 인류는 파멸을 향하여 달려가는 것입니다. 다른 사람의 생명과 피를 기초로 하여 세워지는 건축물들은 다시는 이 지상에 세워져서는 안 됩니다. 그리고 한 사람을 죽이면 살인자이지만 많은 사람을 죽이면 영웅이 된다는 서툰 논리처럼, 많은 인명을 학살하고 선량한 사람들을 착취한 사람들을 영웅으로 묘사하는 그 어떤 행위도 중지하기를 바랍니다.

너무 많은 수식어는 거짓을 숨기기 위함이다

:

황량한 언어의 마을에서 길을 잃다

요즘 세상에는 거짓말을 해도 상관이 없고, 꾀가 많아야 잘 살고 출세한다고 생각하는 사람들이 많다. 여기 백 장 묶음의 종이뭉치에서 한 장을 빼내면 모를 성싶지만, 세어 보면 어디까지나 아흔아홉 장이지 백 장은 아니다. 거짓말을 한다는 것은 사실 앞에서는 무모한 일임을 깨달아야 한다. _카네기

우리는 세상을 살아가면서 거짓의 수식어를 너무도 많이 접하게 됩니다. 사랑이라는 말 자체에는 '영원한', '진정한', '순수한'이라는 수식어를 붙이지 않아도 사랑이라는 말 자체에 이 뜻이 내포되어 있습니다.

그러나 사람들은 사랑을 말할 때 영원한 사랑, 진정한 사랑, 순수한 사랑이라고 수식어를 붙입니다. 사랑이 진정하지도 않고 순수하지도 않고 또 영원하지도 않다면 그것은 사랑이 아닙니다. 다만 한순간의 충동일 뿐입니다. 수식어가 많다는 것은 그 내용이 불순하

108

다는 것입니다. 참기름도 참기름일 뿐, 진짜 참기름, 순 참기름, 진
짜 순 참기름 등의 수식어를 만들어내는데 이것은 내용이 불순한
참기름을 순수한 것으로 포장하려는 눈속임입니다.

세상에는 지금 거짓 수식어들이 범람하고 있습니다. 그러다 보
니 어떤 때는 가짜가 진짜가 되고 진짜가 가짜가 되는 일들이 벌어
지곤 합니다. 우리는 이런 수식어의 장난에 넘어가서는 안 됩니다.
수식어는 수식어일 뿐 그 이상의 의미는 없습니다.

참으로 어지러운 세상입니다. 지금 우리는 황량한 언어의 마을에
서 길을 잃어버렸습니다. 우리라도 이 세상을 살면서 거짓 수식어
를 남발하지 말아야 합니다.

겸손함은 사람을 더욱 성숙하게 만든다

:

새는 가장 빠르게 날 때 날개를 접는다

곧으려거든 몸을 구부려라. 스스로 드러내지 않는 까닭에 오히려 그 존재가 밝게 나타나며, 스스로를 옳다고 여기지 않는 까닭에 오히려 그 옳음이 드러나며, 스스로 뽐내지 않는 까닭에 오히려 공을 이루고, 스스로 자랑하지 않는 까닭에 오히려 그 이름이 오래 기억된다. 성인은 다투지 않는 까닭에 천하가 그와 맞서 다툴 수 없는 것이다. 구부러지는 것이 온전히 남는다는 옛말을 믿어라. 진실로 그래야만 사람은 끝까지 온전할 수 있다. _노자

"간혹 하늘을 보자. 해가 없다면 구름이라도 보고 달이 없다면 검은 하늘이라도 보자. 세상을 살다 간혹 하늘을 보자. 그리고 그 하늘에 자신의 모습을 그려보자."

당신은 내게 간혹 하늘을 보라고 말했습니다. 오늘 당신의 말대로 하늘을 쳐다봅니다. 상처 입은 하늘에는 거센 바람이 불고 비가 옵니다. 그 하늘 위로 이름 모를 새가 납니다.

새는 비바람 치는 하늘을 날고 있습니다. 공장의 굴뚝과 굴뚝 사이, 사람과 사람 사이의 높은 불신의 벽을 넘어 새가 납니다. 바람이 붑니다. 미칠 듯이 아우성치는 바람, 그 사이로 새가 납니다. 하늘을 날던 새는 한 순간 날갯짓을 멈춥니다. 그리고 그 어느 때보다도 빠른 속도로 바람 속을 횡단합니다.

그 멈춤의 미학, 멈춰 있는 것 같으면서도 그 어느 때보다도 빠르게 나는 이름 모를 새. 새는 내 가슴으로 날아옵니다. 가장 빠르게 날면서도 멈춰 있는 것 같은 새의 모습이 너무도 황홀하여 세상의 풍경과 함께 나는 이 세상을 호흡하기 시작합니다. 새는 날갯짓 한 번 하지 않고 바람 속을 횡단하여 시야에서 사라져 갔습니다.

그날, 비바람이 몰아치는 하늘을 날던 새를 보고 나는 깨달았습니다. 새는 가장 빠르게 날 때는 모든 동작을 멈춘다는 것을… 마찬가지로 사람도 무엇인가를 깨달았을 때 침묵하는 침묵의 의미를 알았습니다.

지식이 많은 사람보다는 현명한 사람이 되라

⋮

정말로 지혜로운 자는 알고 있는 것을 실천하는 사람이다

마음은 용감하게, 생각은 신중하게, 행동은 깨끗하고 조심스럽게
하고, 스스로 자제하여 진실에 따라 살며, 부지런히 정진하는 사람
은 영원히 깨어 있는 사람이다. _법구경

사람은 누구나 자기 전문분야를 제외한 다른 분야에는 무식할 수
밖에 없습니다. 그러나 때때로 보잘 것 없는 지식을 가지고 잘난
척 하는 사람들을 볼 수 있습니다. 그 사람들은 참으로 무식한 사
람들입니다. 조금 알고 있는 것을 세상에 대해 다 알고 있는 것처
럼 떠듭니다. 그러나 조금 깊이 들어가면 대화를 제대로 하지 못하
고 말을 얼버무립니다. 무식하면서도 자기가 무식하다는 사실을 모
르는 사람은 바보입니다. 그러나 무식하더라도 자기가 무식하다는
사실을 아는 사람은 현명한 사람입니다.

─정말로 지혜로운 자라면 세상을 겸손하게 보십시오. 자기가 알
고 있는 분야는 한정되어 있어서 어느 것에 대해서는 남보다 많이
알고 있으나 다른 분야에 대해서는 남보다 모르는 경우가 허다하니

까요.

　－정말로 지혜로운 자라면 자신이 실패자라는 말을 하지 마세요. 왜냐하면 실패자라고 생각하면 정말 실패자가 되기 때문입니다.

　－정말로 지혜로운 자라면 피곤하다는 말을 절대로 하지 마세요. 만일 그대가 피곤하다는 말을 한다면 곧 당신은 피곤한 자가 되기 때문입니다.

　－정말로 지혜로운 자라면 행동가처럼 행동하세요. 그러면 그대는 반드시 행동가가 될 수 있습니다.

　－정말로 지혜로운 자라면 아는 지식을 실천하기 위해 노력하세요. 어리석은 자들은 아는 지식을 실천하지 않고 행동하지 않기 때문에 삶을 고민하게 되는 것입니다.

　－정말로 지혜로운 자라면 세상을 아름답게 보도록 노력하세요. 세상은 자기 스스로가 어떻게 보느냐에 따라 천국도 될 수 있고 지옥도 될 수 있으니까요.

　－정말로 지혜로운 자라면 이제 새로운 삶을 살기 위해 오늘 새롭게 시작하세요.

고정관념은 당신의 삶을 후퇴시킨다

:

인간이 만들어 놓은 법칙을 절대적인 진리로 생각하지 마라

고정관념에 매달려 있다 보면 그것이 옳다는 사실을 증명할 기회를 자꾸만 스스로 만들어내게 된다. 그러나 일단 한 번만 그 고정관념에서 벗어나게 되면, 계속해서 같은 문제 때문에 같은 교훈을 배울 필요도 없고 인생 자체도 바뀔 것이다. _앤드류 매튜스

인간이 만들어 놓은 법칙을 절대적 진리로 생각하지 마세요. 인간이 만들어 놓은 법칙이란 시간과 장소에 따라 변하는 것이지 시간과 장소를 뛰어넘는 영원한 진리는 아닙니다.

인간이 만든 방정식이나 법칙은 변경될 것을 전제로 해서 만들어진 것입니다. 인간이 이 세상에 만들어 놓은 것들은 절대적인 것들이 아닙니다.

그렇기에 인간이 만들어 놓은 것들에 대해서 맹목적으로 믿지는 마세요. 그것들은 어쩌면 인간이 만들어 놓은 허상에 불과할지도

모릅니다.

　인간이 만들어 놓은 모든 것들은 시대가 변함에 따라 아니면 새로운 것이 발견된다면 변경할 것을 전제로 해서 만들어진 것입니다. 그러니 인간이 만들어 놓은 법칙들을 절대적인 진리라고 생각하지 마세요.

사람들은 자신에게 해롭다고 하여 악이라고 한다
⋮
가끔 세상을 거꾸로 볼 필요도 있다

겉으로 보기에 삶은 모순으로 가득 차 있다. 모순 뒤에 숨어있는 질서를 발견할 때 비로소 삶은 참으로 아름다워진다. _이드리스 샤흐

사람들은 자기에게 피해를 주는 사람을 종종 독버섯에 비유합니다. 그러나 정작 독버섯은 억울합니다. 버섯은 아주 연약한 식물입니다. 독버섯도 마찬가지입니다. 그리고 독버섯이 가진 독은 그 누구를 공격하는 것이 아니라 다분히 자기방어적인 성격의 독입니다. 그들은 걸어다니지 못하고 말하지도 못하고 누구를 물지도 못합니다. 다만 산중에 조용히 태어나 그 누가 건들지 않으면 태어난 그곳에서 또 조용히 생을 마감합니다. 그런데 인간이라는 동물은 그 버섯을 향하여 저주를 퍼붓습니다.

자기들이 먹었을 때 치명적이라고 해서, 그것들을 먹을 수 없다고 해서…

하지만 독버섯에 대한 평가는 어디까지나 인간의 자만심이 만들어낸 독단적인 판단입니다. 독버섯보다 못한 인간이 자기에게 도움을 안 준다고 그 연약한 식물에게 저주를 해대는 것입니다.

독을 가진 버섯이 무슨 죄가 있으랴. 그 독만이 자기를 지킬 수 있는 유일한 방어무기인데 독버섯은 자기를 건들지 않으면 절대로 그 누구에게도 해를 주지 않습니다. 그러나 인간들은 자기가 살기 위하여 남에게 해를 끼치고 거짓말을 하고 전쟁을 벌이기도 합니다. 이런 인간들이 독버섯을 욕한다는 것은 주객이 전도된 행동입니다.

경솔한 판단은 때로 아주 나쁜 결과를 가져온다

⋮

함부로 단정을 내리지 마라

우리는 때때로 다른 사람을 판단하곤 합니다. 누구는 마음이 착하고, 누구는 멍청하며, 누구는 사악하고, 누구는 총명하다고 합니다. 하지만 그렇게 해서는 안 됩니다. 사람은 항상 변하기 때문입니다. 다시 말해 사람이란 흐르는 강물 같아 하루하루가 다르고 새롭습니다. 어리석었던 사람이 현명하게 되기도 하고 악했던 사람이 진실로 착하게 되기도 합니다. 다른 사람을 판단하지 마십시오. 그 사람을 책망하는 순간 그 사람은 다르게 변할 것이기 때문입니다. _톨스토이

세상을 살아가면서 함부로 자기 마음대로 단정을 내리지 마십시오. 사람들은 자기가 알고 있는 얕은 지식을 가지고 세상에 대하여 단정 내리기를 좋아합니다. 그러나 그 단정은 틀릴 확률이 매우 높습니다.

모든 까마귀는 검다는 것은 상식입니다. 그러나 이것을 절대적인

118

진리로는 생각하지 마십시오. 간혹 뱀 중에도 하얀 뱀이 발견되듯이 흰 까마귀도 존재합니다.

단정을 함부로 내리지 마십시오. 그 단정은 때때로 틀릴 수도 있으니까요.

그리고 서투른 단정으로 인하여 자신이 상처를 입음은 물론 다른 사람에게도 큰 상처를 줄 수 있으니까요.

가짜에 속는 삶을 살지 마라

:

한 편의 영화를 보고 세상의 한 단면을 보았다

우리들은 한마디로 허위, 무책임함, 모순 덩어리일 뿐이다. 그렇기 때문에 스스로 자신을 숨기거나 위장하는 것이다. _파스칼

'로스트 하이웨이'라는 영화를 보았습니다. 그 제목이 주는 묘한 이미지와 시작하면서 나오는 끝없이 달릴 것 같은 도로의 이미지들이 나를 영화 속으로 끌어들였습니다.

우리는 이 영화의 제목처럼 잃어버린 길 위에서 인생이라는 도로를 달리고 있는 것 같습니다. 많은 이정표들이 있지만 그 이정표들이 전부 다 진짜는 아닙니다. 어느 곳에서는 가짜가 더 많은 것이 이 세상입니다.

우리는 길을 잃어버렸습니다. 그리고 잃어버린 길을 찾을 수 있게 해 주는 이정표도 이제는 사라져가고 있습니다. 그리고 남아 있는 이정표들도 전부 진짜는 아닙니다. 가짜 이정표들이 범람하고

있습니다. 사람들은 이제 이정표를 믿지 않습니다. 아니 믿을 수가 없습니다. 이 세상에 너무나 많은 가짜 이정표들이 있기 때문입니다.

영화에서 벌어지는 의심과 혼란, 그리고 잃어버린 길, 이 모든 것들이 현대인의 삶의 것입니다. 그리고 영화 속에서 벌어지는 현실과 가상의 혼동이 우리의 삶이라는 생각이 듭니다.

우리는 길을 잃어버렸습니다. 인생이라는 우리의 길을, 그리고 그 누구도 그 길을 가르쳐 줄 수 없습니다. 우리는 각자 자기 자신이 잃어버린 인생의 소중한 것들을 찾아야 합니다.

잃어버린 인생의 길 그 대로에서, 어디로 갈지 몰라 방황하면서…

행복은 마음속에서 가꾸어주기를 기다리고 있다

⋮

자신이 원하는 세상을 창조하려면 먼저 기쁜 마음을 가져라

사람이 마음이 즐거우면 종일 걸어도 싫지 않으나 관심이 없으면 십 리를 걸어도 싫증이 난다. 이것과 마찬가지로 언제나 명랑하고 유쾌한 마음으로 인생을 걸어라. _셰익스피어

순수한 창조는 기쁜 마음에서 나옵니다. 기쁜 마음으로 살 때 입에서 저절로 휘파람이 나오고 자신이 진정 바라는 어떤 것에 대한 창조가 이루어질 수 있는 것입니다. 억지로, 욕심 때문에 의식적으로 자신이 원하는 세상을 창조하려고 하면 그 창조는 결국 실패를 하게 됩니다.

기쁜 마음으로 세상을 보면, 세상은 놀라운 환희로 가득 차 있다는 것을 알게 됩니다. 그리고 당신이 환희에 찬 세상을 보게 된다면 기쁜 마음은 자기가 원하는 세상의 창조로 바뀔 것입니다.

억눌리고 고통스럽게 산다면 세상을 바라보는 마음은 기쁜 마음

이 아니라 지옥을 바라다보는 마음이 될 것입니다. 지옥에서 살고 있다는 마음이 생기면 세상은 바로 지옥입니다.

행복은 바로 자기의 마음속에 있습니다. 세상을 어떻게 바라보느냐에 따라 세상은 지옥이 될 수도 있고 천국도 될 수 있는 것입니다. 기쁜 마음으로 산다면 세상이 천국으로 보일 것입니다. 또한 그런 기쁜 마음이 자기가 원하는 세상에 대해 순수한 창조를 불러옵니다.

꿈꾸는 사람은 아름답습니다. 그리고 그 꿈을 이루기 위해 노력하는 모습은 더 아름답습니다. 그러기 위해서는 마음속에 기쁜 마음이 있어야 합니다. 순수한 창조는 자기의 마음속에 내재되어 있고 그것을 실현하는 방법도 자기의 마음속에 있습니다. 행복은 바로 자신의 마음속에서 가꾸어 주기를 기다리고 있습니다.

5 장

삶의 아침을 위하여
보내는 편지

이 시대에 절망에 빠진 사람들은 무엇으로 남을까!

:

지친 영혼들에게도 삶의 안식이 찾아오기를

생활이란 생각하는 것이 그 본질이다. 인간의 존엄성은 오로지 사고에 있다. 인간의 내부에 있는 모순되는 두 요소, 즉 천사의 일면과 금수의 일면 중에 어느 쪽이 나를 지배하는가는 나의 사고에 달려 있다. _파스칼

아무것도 모르고 죽어간 어린 영혼에게도, 세상에 지친 슬픈 영혼에게도 삶의 안식이 찾아오기를 기원합니다.

슬픈 마음으로 당신에게 편지를 씁니다. 한 어린 아이를 유괴해서 죽게 한 8개월된 만삭의 한 여인을 보면서 너무나 슬펐습니다. 아무것도 모르고 죽어간 어린 영혼의 희생은 어떤 변명의 말을 하여도 천인공노할 범죄입니다. 대항할 수 없는 약자를 대상으로 하는 이런 범죄는 용서받을 수도 없고 엄한 벌로 다스려야 합니다.

그러나 한편으로는 그 유괴범에 온갖 저주의 말들이 쏟아지고 있

지만 그 여인에 대한 안쓰러움이 나를 괴롭혔습니다. 세사에 얼마나 지쳤으면, 시인을 꿈꾸던 한 여인이 만삭의 몸으로 어린이를 유괴해서 죽게 했는가? 그 여인의 개인적인 문제를 떠나 이런 생각이 들자 더욱 더 이 세상이 끔찍하고도 소름이 끼쳤습니다.

하루하루 세상을 살아가는 희망과 꿈이 있어야 하지만 이것을 잃어버린 삶은 그 어떤 지옥에서 생활하는 것보다 더 고통스러운 삶일 수밖에 없습니다. 이 삭막한 세상에서 아무것도 모른 채 죽은 어린이의 명복을 빌면서, 삶을 포기한 그런 짓을 하게 된 그 여인에게도 안쓰러운 마음이 듭니다.

이런 마음이 이 세상의 거대한 삶의 감옥을 다시 생각나게 하였습니다. 또 다른 하나의 사건도 나를 너무 슬프게 하였습니다.

중학교에 다니는 한 소년 가장이 자살을 하여 이 세상을 떠났습니다. 아버지가 죽고 홀로된 어머니가 가게를 운영하다 빚을 지게되자 어머니는 어디론가 몸을 숨겼고 빚쟁이들은 소년 가장이 된 이 아이를 끊임없이 괴롭혔습니다. 그러다 결국 동생을 남기고 이한 많은 세상을 등졌습니다.

그 소년을 자살로 몰아간 이 세상을 다시 생각합니다. 희망이나 꿈이 있었다면 그는 죽음을 택하지 않았을 것입니다. 그러나 그 어디에서도 이 소년에게 희망과 꿈을 주지 않았습니다. 그 소년에게 다가온 세상은 거대한 감옥이었습니다. 탐욕과 절망과 슬픔이 흐르는 삶의 감옥이었습니다.

정말 절망스러운 세상처럼 느껴집니다. 모두들 악령에게라도 사로잡힌 듯이 살아가고 있습니다. 나도 삶의 한 편에서 그들과 호흡하며 세상의 그 삭막함으로부터 전염당하며 살고 있습니다.

당신에게 이 편지를 씁니다. 이 세상의 아득한 어둠에서 당신에게 보낼 편지를 쓰고 있습니다.

영문도 모르고 하늘나라로 간 어린이에게도 명복을 빌고, 어린아이를 유괴해서 죽게 한 만삭의 그 여인에게도 이제는 삶의 안식이 찾아오기를 바랍니다. 그리고 스스로 죽음을 택한 중학생 소년 가장도 이 세상을 떠나 다른 세상에서 살게 될 때 이 슬픔의 세상보다는 더 나은 세상에서 다시 태어나기를 바랍니다.

∶

악마는 우리 마음속에 살고 있다

참으로 인간이란 이렇게도 되었다가 저렇게도 되고 마음대로 살아
가는 것이기 때문에 오늘은 착한 사람일지라도 내일이면 악당이
될 수 있다. _고리키

"악마는 바로 우리들 마음속에 살고 있어. 그래서 우리를 조종하
면서 사람들을 사악한 기운으로 지배하고 있어. 악마란 어떤 괴물
이 아니라 바로 우리의 마음들이야. 악에 점령당한 우리의 마음들
이야."

당신은 나에게 말했습니다.

살로스 사르가 본명인 폴 포트는 교조적 공산주의를 캄보디아에
서 실험하면서 캄보디아 전체 인구의 4분의 1 정도가 되는 약 200
만 명을 희생시켰습니다.

지금도 많은 캄보디아 사람들은 폴 포트의 그 잔인한 광란에 대하여 끔찍한 기억을 간직하고 있습니다. 그는 캄보디아의 정권을 잡자 도시민을 강제 이주시키고 그 과정에서 200만 명을 학살하였습니다.

그가 처음부터 그 많은 사람들을 학살하려고 한 것은 아니었을 겁니다. 그도 이상적인 사회를 꿈꾸면서 조국 캄보디아를 식민지에서 해방시키고 자주독립 국가를 세우는 것이 목표였을 겁니다.

그러나 그는 원래의 자신의 꿈을 잃어버리고 너무나 많은 희생자를 만들었습니다. 많은 희생자와 억울하게 죽은 자 그리고 그 과정에서 과거의 기억을 악몽처럼 매일 안고 살아가야 하는 많은 사람들을 만들었습니다.

이 세상을 살아가는 많은 사람들의 살아가는 과정을 보면 처음에는 순수한 마음으로 시작을 하였지만, 목적을 이루고 나서 얼마 되지 않아 그들의 마음은 순수보다는 욕망으로 얼룩진 단면을 살펴볼수 있습니다. 그리고 그 욕망에 따라 무수한 희생자를 만들고 많은 사람들을 고통스럽게 만드는 것을 볼 수가 있습니다.

그들의 마음이 변하게 되는 것은 욕망이라는 추악한 악마에게 지배를 받기 시작하기 때문입니다. 사람들은 어떤 하나를 이루게 되면 마음속에 숨어 있던 교만과 오만, 그리고 욕망이 꿈틀거리기 시작합니다, 이때 자신을 다스리지 못한다면 결국 그들의 노예로 전락하고 맙니다.

욕망이라는 이름의 악마는 인간의 마음을 조종하는 것으로서 자신의 목적을 달성하고 천천히 음미하면서 이 세상이 지옥으로 치닫는 것을 즐기고 있습니다.

폴포트도 바로 욕망이라는 이름의 악마에게 지배당했던 것입니다. 자신의 마음에 존재하고 있던 욕망이라는 이름의 악마에게….

가장 귀중한 사랑의 가치는 희생과 헌신이다
:

지금 그의 손을 잡아 주어라

사랑의 손길로 손질이 잘 된 정원에서는 풍성한 결실을 거두게 된
다. 또한 가족과 친구들에게 사랑스런 마음으로 관심을 갖게 되면
그 만큼의 보상을 받게 된다. 우리가 베푼 노력은 우리에게든 또는
우리의 사랑을 받은 사람에게든 쉽게 잊혀지지 않는 법이다. 우리
가 보여준 사랑의 행위는 우리들 자신의 가슴속에, 그리고 상대방
의 가슴속에 하나하나 그 보금자리를 만들게 된다. _카렌 케이시

열심히 살아왔습니다. 그 누구보다도, 그 남자는 가정을 마련했
고, 그리고 높은 지위도 얻었고 돈을 벌었습니다.

오래 전에 '제8요일' 이라는 영화를 보고 느낀 짧은 단상입니다.

남자의 고독에 대하여 생각합니다. 그는 한 가정의 가장으로서
한 아내의 남편으로서 한 사회의 책임과 의무를 지키는 사회인으로
서 그리고 한 인간으로서 열심히 살려고 노력했습니다. 그러나 그
렇게 노력한 그에게 지금 남아있는 것은 무엇입니까?

지금 이 사회에서는 '조기퇴직'이다. '명예퇴직'이다 하여 남자들을 사회의 어두운 구석으로 자꾸 밀어내고 있습니다. 남자는 참으로 사회적으로나 가정적으로 고독합니다. 아버지로서 위치를 상실해가고 단순히 돈을 벌어 가족을 부양하는 기능으로 축소되고 있습니다.

그 누구에게도 말 못하고 홀로 눈물을 흘리는 현대의 남자들, 지금 그들은 그들 마음처럼 변두리의 쓰러져가는 포장마차에서 주머니에 몇 푼 안 되는 돈을 생각하며 쓴 소주를 한 잔 걸치며 비틀거리고 있습니다.

어려울 때 그 남자의 손을 잡아 주세요. 비틀거리며 돌아온 남편이나 연인의 손을 따뜻하게 잡아주세요. 그들에게는 따뜻한 위로가 필요합니다. 그리하여 이 세상이 험난하지만 그들이 다시 용기를 내어 살아갈 수 있는 것입니다. 따뜻한 당신이 있기에…

더럽고 추한 세상이라도 껴안아야 한다

:

양철북을 다시 두드리고 싶다

손님과 벗들이 구름처럼 모여들어 질탕하게 술을 마시며 즐기다가 이윽고 시간이 다하고 촛불 가물거리며 향불이 꺼지고 차도 식어버리면, 도리어 모르는 사이에 흐느낌이 되어 사람으로 하여금 한없이 처량하게 한다. 세상 모든 일이 다 이와 같거늘 사람들은 어찌하여 빨리 머리를 돌리지 않는단 말인가? _채근담

오래 전에 본 '양철북' 이라는 영화에서 주인공 소년은 양철북을 두드리면서 소리를 지릅니다.

나는 그것이 무엇을 뜻하는 것인지는 잘 모르겠습니다. 후에 그 영화에 대한 짧은 해설이 붙은 신문기사를 보았습니다. 말뜻은 이해하지만 그래도 그 의미를 모르겠습니다.

'세 살 때 신체 성장이 멎은 소년이 고함을 지르고 양철북을 두드리는 것은 비정상적인 사회가 소년의 성장을 막았기 때문이다. 소년이 자라서 결코 보고 싶지 않았던 세계.' (신문기사 중에서)

소년이 자라서 보고 싶지 않았던 세상이란 결국 인간이라면 어쩔 수 없이 그렇게 살아야 하는 인간의 굴레가 아닐까요. 결국 비정상이 정상이고 정상이 비정상인 세상이 우리가 사는 이 세상 아닐까요.

인간이라면 어차피 부조리하고 부도덕하고 그렇게 살 수밖에 없는 존재이니까요, 모두들 아닌 체하지만 결국 그 인간들의 내면을 들여다보면 모든 사람들이 가면을 쓰고 더러운 욕망의 소용돌이에서 자기의 비열한 면을 숨기면서 살아가고 있습니다. 아니라고 할 사람이 세상에서 얼마나 되겠습니까?

소년이 자라서 보고 싶지 않았던 세상, 그 세상이란 인간들이 늘 사는 평상시의 모습 아닐까요.

한번 보세요. 자신의 모습을…
그리고 그 모습이 더럽고 추하다고 해서 외면할 필요는 없어요.

여성이 주체적으로 설 수 있을 때, 세상이 행복하다

⋮

여성이 행복하려면 더 이상의 신데렐라는 없어야 한다

사람은 여자로 태어나지 않는다. 여자로 자라는 것이다.

_시몬느보봐르

한 때, 신데렐라 신드롬이라고 할 정도로 신데렐라 열풍이 일었던 적이 있습니다. 텔레비전에서 드라마로 제작돼 인기를 끌기 시작하자 연극 무대에도 올려졌고, 신데렐라를 테마로 한 상품 만매까지 호조를 보였던 적이 있습니다. 이 현상의 내면을 살펴보면 여성이 신데렐라를 꿈꾸는 것은 참으로 여성을 불행하게 만드는 것이라는 생각이 들었습니다.

신데렐라의 원래 작품을 보면 하나도 아름답지 않은 내용입니다. 아름답기는커녕 잔인하면서 끔찍하기까지 한 내용입니다. 왕자는 자신이 가지고 있는 구두 한쪽과 발이 맞는 여자가 나타나면 결혼하겠다고 알립니다. 이 때 신데렐라의 계모는 첫째 딸의 발끝을 잘라내고 그래도 맞지 않자 뒤꿈치까지 잘라내는 잔혹성을 드러냅니다. 이런 잔인한 이야기가 17세기 샤를르 페로의 개작으로 지금의 아름다운 이야기로 정착되어졌다고 합니다. 그 후 경제력이 남성들에게 집중되자 이 이야기는 많은 여성들이 동경하는 이야기가 되었습니다.

개인적인 생각으로는 신데렐라는 비극적인 구조 속에서 그리 행복하게 살 수는 없었을 것이라 생각됩니다. 개작된 이야기에도 왕자와 결혼한 후 행복하게 살았다는 그 어떤 증거도 없습니다. 지금도 많은 여성들은 신데렐라를 꿈꾸고 있습니다. 그러나 만약 이 꿈이 실현된다 해도 신데렐라가 된 여성이 행복하게 산다는 보장은 없습니다.

우리나라에서도 안정된 직장과 많은 보수로 한 때 사(士)자가 들어가는 직업을 가진 신랑감을 선호했고 지금도 선호하고 있지만 전략적으로 이루어진 결혼이 행복하다는 보장은 그 어디에도 없습니다. 보통의 결혼보다도 더 많은 불행의 씨앗을 가지고 있는 것이 이런 결혼형태입니다.

현실이 어렵다 해도 주체적으로 살아야지 그 누구에게 일방적으로 의존한다면 어떤 경제적 풍요를 누려도 불행해지는 것입니다,
비근한 예로 영국의 찰스 황태자비인 다이애나 비도 전형적인 신데렐라의 전형에 속하나 그 여성도 불행한 결혼생활을 하였고 결국

에는 이혼을 하였습니다. 그러다 불의의 사고로 죽었습니다. 여성들이 화려함과 풍요로움을 동경하여 신데렐라를 꿈꾼다 하면 할 말이 없지만, 화려함과 풍요로움에 숨겨진 독을 경계해야 합니다. 그독은 사람의 이성까지도 마비시키고 결국 사람을 중독시킵니다.

신데렐라는 동경의 대상도 또 이루어야 할 사랑도 아닙니다. 다만 지위와 풍요로움을 꿈꾸는 속물적인 것을 아름답게 포장해 놓은것에 불과합니다. 여성들이 자기가 진짜 행복해지기를 원한다면 무엇보다도 자기 자신이 독립적인 인격체라는 것을 자각해야 합니다.

세상은 약육강식의 법칙에 의해 움직인다

:

무에타이를 보며 세상의 법칙을 보았다

나는 세상을 사랑하지 않았고, 세상도 나를 사랑하지 않았다. 나는
세상의 더러운 인간에 아첨하지 않고 그 우상 앞에 무릎을 꿇지 않
았다. _바이런

살이 찢어져 피가 흐르고 있습니다. 그리고 상대방의 공격도 집
요하게 계속되고 있습니다. 피를 흘리고 있는 본인도 상대방을 쓰
러뜨리기 위해 안간힘을 다하여 발버둥치고 서로들 유혈이 낭자합
니다.

케이블 TV를 통하여 킥복싱으로 알려진 태국의 무에타이를 보고
있습니다. 그들은 아무것도 없이 맨 몸으로 부와 명예를 얻겠다고
나선 태국의 젊은이들입니다. 그들은 피를 흘리며, 상대방에게 발
과 주먹으로 무차별 공격을 받으면서도 얼굴에는 마음을 알 수 없
는 특유의 미소를 짓고 있습니다. 그들의 웃음을 보았을 때 나는
큰 슬픔과 인생에 대한 비애를 느꼈습니다.

수많은 태국의 젊은이들이 부와 명예를 얻겠다고 무에타이에 뛰어들지만 성공하는 사람은 소수입니다. 그들은 중간에 부상을 당하거나, 불구자가 되거나, 간혹 죽기도 한다고 합니다. 자기의 몸을 담보로 그 어떤 경기보다도 잔인한 경기를 하는 그들의 앳된 모습에 연민을 느끼게 됩니다.

이와는 다른 방식으로 대결하지만 그들의 모습에서 우리가 사는 세상의 모습을 보았습니다. 남을 누르고 이겨야만 세상의 부와 명예가 획득되는 이 세상의 원칙은 사람들은 그 어느 지옥보다도 더한 고통의 세상으로 인도하고 있습니다. 상대방의 공격에 의하여 피를 흘리고 쓰러져도 미소를 짓는 그들의 모습이 이 사회를 사는 우리들의 모습과 닮아 있다고 생각합니다.

우리가 이 세상을 살아 나가는 데 있어 우리는 우리의 마음을 숨기고 겉으로는 활기차고 명랑하고 예절바른 것을 강요당하고 있습니다. 그리고 그렇게 하지 않으면 이 세상에 설 수 있는 자리가 없습니다. 강요되는 위장된 미소와 과도한 경쟁, 그로 인하여 발생되는 스트레스, 세상의 모든 사람들은 작건 크건 간에 모두들 이러한 세상의 고통으로부터 자유로울 수 없습니다.

한 선수가 링 바닥에 쓰러져 일어나지 못하고 다른 선수의 팔이 하늘을 향해 올라갔습니다. 이긴 자는 기뻐서 링 주변을 뛰어다녔고 쓰러진 자는 일어나지 못하였습니다. 쓰러진 자는 곧 들것에 실려 밖으로 사라졌습니다. 이긴 자는 그때까지도 링에서 환호하는 관중들을 향해 인사를 하였습니다.

위험을 알지 못하는 사람은 아주 위험한 사람이다

:

잠수함 속의 토끼를 생각하라

위험이 다가왔을 때 도망치려고 해서는 안 된다. 그렇게 하면 도리어 위험이 배가 된다. 그러나 결연하게 맞서면 위험은 반으로 줄어든다. 어떤 위험을 만나더라도 도망쳐서는 안 된다. _윈스턴 처칠

아주 오래 전에 게오르규(Gheorghiu)가 쓴 잠수함 속의 토끼에 대한 글을 읽었어. 그 이야기는 대강 이런 이야기였던 것 같아.

게오르규는 젊은 시절에 잠수함에서 수병생활을 했었어. 그런데 그가 살았던 당시에는 과학이 발전하지 못했기 때문에 잠수했을 때 잠수함 내의 산소량을 제대로 측정할 수가 없었어. 그래서 궁여지책으로 잠수함 속에 토끼장을 설치하고 인간보다 산소에 더 민감한 토끼를 승선시켜 잠수함의 산소량을 측정했다는 것이야. 인간보다 산소에 더 민감한 토끼는 잠수시에 잠수함 내의 산소량이 줄면 활기를 잃고 시들시들하다가 잠수함 내의 산소량이 인간에게 위험선까지 줄어들면 인간보다 빨리 죽는 다는 이야기였어. 그리하여 잠

수함 내의 인간들은 토끼를 보고 생명을 건졌다는 거야.

이 이야기를 하는 이유는 인간들에게 작은 지혜인 것 같지만 그 지혜가 결핍되면 바로 생명을 위협하게 된다는 거야. 그런데 지금 이 세상을 사는 사람들은 그가 살았던 그때보다 더 과학이 발달하고 생활이 풍요로워졌는데도 인간의 지혜들에 대해서 소중하게 생각하지 않아.

우리가 살고 있는 이 세상은 공해가 점점 더 심해져 많은 동물과 식물들이 멸종되어 가고 있는데 사람들은 그 사실을 중요하게 여기지 않는 것 같아. 일부 사람들만 입이 아프도록 떠드는 것 같아. 동물과 식물이 멸종되어 간다는 것은 인류의 생명에도 위험을 알리는 신호인 거야. 그런데 대다수의 사람들은 그 신호를 무시하거나 일부 이해관계에 있는 사람들은 자기의 이익을 위하여 숨기거나 조작하고 있어.

우리의 소중한 생명과 연관이 있는데도… 위험을 알지 못하는 사람은 아주 위험한 사람이야!

지금까지의 환경에 대한 논리는 발전 논리에 밀려 환경보호는 언제나 뒤로 밀리면서 말로만 외쳤던 거야. 그러나 이제 우리는 환경에 관심을 가져야 해.

이 지구를 잠수함에다 비교를 하면 지금 지구에 승선하고 있는 사람들 또한 조만간 생명에 위협을 느끼게 될 거야. 하나뿐인 지구와 하나뿐인 생명을 위해 우리는 지금 이 지구라는 잠수함 내의 환경에 관한 관심을 가져야 해. 지금 지구호에 같이 승선하고 있는 토끼들은 소리 없는 비명을 지르고 있어.

우리들은 그 소리를 들을 수 있도록 해야 해. 아무도 그 소리를 듣지 않는다면 게오르규가 탄 잠수함 내의 산소가 줄어들어 토끼가 죽었는데도 아무도 관심을 안 가지거나 보지도 않는 거야. 마찬가지야. 그러면 잠수함에 승선하고 있는 사람들은 어떻게 되겠어.

지금이라도 늦지 않았어. 우리는 지금 우리 주위를 둘러보고 오늘도 호흡하고 있는 공기와 발을 딛고 있는 이 땅에 그리고 우리와 더불어 살고 있는 동물과 식물에도 관심을 가져야 해.

길을 가다 문득 본 이름을 모르는 풀에게도…

왜 다른 사람의 입장을 이해하려고 하지 않는가!

⋮

어둠 속에 서 있는 그를 보았다

마치 밤낮으로 삶의 바다로부터 바닷가로 올라오는 것이라고는 그
것들이 전부인 것처럼 우리들은 아직도 여전히 바다의 조가비들을
살펴보느라고 바쁘다. _칼릴 지브란

비가 내리는 늦은 저녁에 변두리 버스 정류장에서 집으로 가는
마지막 버스를 기다립니다. 그때 누군가를 보았습니다. 처음에는
그를 기억해낼 수 없었습니다. 한참 만에 그를 기억해낼 수 있었습
니다.

"그래 맞아."

중학교 때의 미술시간이었습니다. 미술 선생님은 주제를 정해 주
지 않고 자기 맘대로 자기 마음속에 품고 있는 그림을 그리라고 하
였습니다. 많은 애들이 한참 동안이나 무얼 그릴 것인가 생각하느
라고 시간을 허비했습니다. 그러나 유독 한 녀석, 그 녀석은 스케

치도 없이 물감을 타서 곧바로 그림을 그리기 시작했습니다.

짧은 시간 그는 광기에 젖어 미친 듯이 물감을 칠했습니다. 그것은 도무지 말로 설명하기 힘든 행동이었습니다. 그러다가 이내 붓을 멈추었습니다.

그리고 그것을 끝으로 더 이상 어떤 덧칠도 하지 않았습니다. 미술 선생님이 의아한 표정으로 그 녀석의 자리로 갔습니다. 그 후에 미술 선생님의 얼굴 표정은 일그러졌습니다. 순간 미술 선생님의 손이 그의 머리를 내리쳤습니다. 온 힘을 다한 그런 행동이었습니다. 그리고 나서도 어떤 참기 힘든 분노를 겨우 참아내고 있는 그런 표정이었습니다.

"무얼 그린 거지?"

선생님은 격노한 목소리를 억지로 숨기면서 작은 목소리로 말하려 했지만 억양은 높았습니다. 일순간 아이들은 무엇을 그릴까 하던 생각을 멈추고 그 녀석이 앉아 있는 자리를 쳐다보았습니다. 선생님의 그런 표정을 처음 보았습니다. 선생님은 분한 듯 얼굴이 심하게 일그러져 있었습니다.

"태초의 시간을 그렸습니다."

146

그 녀석은 어떤 동요나 두려움 없이 담담하게 말했습니다. 그 녀석의 눈빛에는 분명 그 어떤 광기가 서려 있는 것 같았습니다.

"태초의 시간… 이것이 어떻게 태초의 시간인지 설명해 봐."

그 녀석이 말을 그럴 듯하게 했는지 선생님은 조금 전의 그 격한 분노에서 벗어난 것 같았습니다.

"설명은 할 수 없고, 다만…"

그 녀석은 말을 하려다가 그만 중단했습니다.

"다만, 뭐…"
"말씀드릴 수 없어요."

난 궁금증이 생겼습니다. 도대체 어떤 그림을 가지고 선생님이 그러시는가에 대해서. 그 녀석의 자리가 내 앞이라서 내가 일어서면 그 녀석의 그림을 볼 수 있었습니다. 난 선생님의 눈치를 봐가며 몰래 그 녀석의 그림을 보았습니다. 그 녀석의 그림을 보자 입에서 알 수 없는 신음소리가 새어나오면서 힘없이 자리에 주저앉았습니다.

그림은 어둠, 어둠뿐이었습니다. 온통 시커먼 물감으로 도화지 전면을 불규칙하게 채우고 있었습니다.

"지금은 수업시간이니 수업 다 끝나고 미술실로 와. 스케치 북은 내가 잠시 보관하마."

미술 선생님은 그 애의 스케치 북을 교단에 갖다 놓았습니다. 나는 그날 미술시간에 아무것도 그리지 못했습니다. 그 녀석의 그림은 내게 너무도 충격이었습니다. 단순히 그 어떤 충격이 아니라, 그것은 내 마음을 그대로 그려낸 것이었습니다. 다만 난 용기가 없어, 그리고 그것을 어떻게 표현해야 할지 몰라 그려낼 수가 없었던 것입니다.

그 질긴 어둠들.… 나도 그 녀석처럼 어둠에 익숙했습니다. 밝음은 오히려 어색함을 주기도 했습니다. 어려서부터 많은 시간을 지하의 방에서 살았기에 전등을 밤낮으로 켜 놓을 수 없어 불을 끌 때가 많았습니다. 그러면 사방천지의 세상은 어둠뿐이었습니다.

당신은, 당신의 세계를 정직하게 채색할 수 있는 용기를 가지고 있습니까?

148

많은 탄광촌에서 막 이사 온 아이에게 자기가 살던 고향의 모습을 그리라고 하면 시커먼 집들과 시커먼 사람들과 시커먼 강을 그리겠지요. 그러나 탄광촌을 이해 못하는 사람을 그 그림 또한 이해하지 못할 것입니다. 그리고 정직하게 그림을 그린 그 아이를 야단칠지도 모릅니다. 그러면 그 아이는 얼마나 억울하겠습니까?

그 아이는 거짓 없이 자기가 살던 세계를 그렸는데 그것이 잘못된 것이라고 야단친다면 얼마나 슬픈 일입니까?

중학교 때 미술시간, 그 아이는 자신의 세계를 그린 것이었습니다. 그리고 난 그 그림에 매료되었고 그 그림을 이해할 수 있었습니다. 그러나 선생님은 이해하지 못했습니다. 그 아이의 환경과 그 아이의 세상을… 그 후 그 아이는 몇 개월 학교를 다니다가 그만 두었습니다. 그 후 자연스럽게 연락은 두절되었습니다.

그런데 많은 시간이 흐른 어느 날, 가로등이 없어 침침한 서울의 변두리에서 그 녀석을 봅니다.

그 녀석이 웃습니다. 세상을 향하여 쓸쓸히 웃습니다. 그리고 표정은 너무나 슬픕니다. 주머니에 단지 토큰 하나 있는데 시간이 늦어 안 오는 버스를 기다리는 허름한 행인처럼 그는 이 변두리에서 웃고 있으면서 다른 한편으로는 슬프고 너무나 절박해 보였습니다.

6장

이야기로 적어 보내는
지혜의 편지

지식보다는 지혜를 가진 사람이 되어야 한다

:

쯧쯧, 하늘의 달을 가리키는데, 왜 내 손가락은 봐

만나는 모든 사람에게서 무엇인가를 배울 수 있는 사람이 이 세상
에서 가장 현명하다. _탈무드

어느 날 학식이 높은 한 학자가 오래된 불서를 가지고 와 늙은 스
님에게 질문을 했습니다.

"저는 여기에 적힌 글을 이해할 수가 없어 스님을 찾아뵙게 되었
습니다. 저에게 스님께서 알려 주십시오."

늙은 스님은 글을 모르는 촌부 출신이었기에 학자에게 이렇게 말
했습니다.

"어허, 나는 글을 모르니, 이해가 안 되는 부분을 읽어주게나. 그
럼 내가 그 뜻을 가르쳐 주겠네."

이 말을 들은 학식이 높은 학자는 어이없다는 표정을 지으며 다
시 스님에게 물었습니다.

"스님, 글도 모르는데 그 글의 뜻을 어떻게 안다는 것입니까?"

늙은 스님은 학자의 말에 조용히 손을 들어 밤하늘에 뜬 달을 가

리켰습니다.

"스님, 제 말에 대답은 안 하시고 갑자기 웬 손을 들어 보이시는 겁니까?"

학자가 짜증 섞인 목소리로 말했습니다. 그러자 늙은 스님은 그 학자에게 말했습니다.

"쯧쯧, 하늘의 달을 가리키는데, 왜 내 손가락은 봐."

이 이야기는, 우리가 아무리 많이 알고 있어도 진리를 제대로 바라보지 않고, 진리를 가리키는 도구만을 바라보고 그 뜻을 해석하여 그 도구가 전부인 양 떠드는 사람들에게 일침을 놓는 이야기라는 생각이 듭니다.

지금 우리들의 사는 모습을 볼 때 늙은 스님이 가리키는 달은 보지 않은 채 그 손가락만을 보면서 그 손가락이 전부인 양 믿고 있는 경우가 많습니다. 종교도 마찬가지입니다. 정작 종교에서 가리키는 진리는 보지 않은 채 그 허울만을 보고 그 것이 전부인 양 믿는 사람들을 많이 보았습니다. 그것이 종교의 타락을 가져왔는지도 모르겠습니다.

거짓말에 속지 마라

⋮

다시 거짓말이 횡행할 시대에서 한 이야기를 떠올렸다

요즘 세상에는 거짓말을 해도 상관이 없고, 꾀가 많아야 잘 살고 출세한다고 생각하는 사람들이 많다. 여기 백 장 묶음의 종이뭉치에서 한 장을 빼내면 모를 성싶지만, 세어 보면 어디까지나 아흔아홉 장이지 백 장은 아니다. 거짓말을 한다는 것은 사실 앞에서는 무모한 일임을 깨달아야 한다. _카네기

옛날 어떤 곳에 한 마을이 있었습니다. 그 마을은 왕이 사는 성으로부터 60리나 떨어져 있었습니다. 그런데 그 마을에는 특이한 맛을 지닌 샘물이 있었습니다. 왕은 그 마을 사람들에게 날마다 그 샘물을 길어 보내도록 하였습니다. 그러나 그것도 하루이틀이지 매일 물을 길어 보내자니 마을 사람들은 몹시 지치고 괴로워 한 사람 두 사람 마을을 떠나게 되었습니다. 일이 이렇게 되자 촌장은 매우 난처하게 되었습니다. 사람들이 점점 줄어들자 왕에게 샘물을 길어 보내는 일이 힘들어졌습니다.

촌장은 궁리를 하다 마을 사람들을 불러 모았습니다. 촌장은 마

을 사람들에게 말했습니다.

"여러분, 이 마을을 떠나지 마십시오, 내가 여러분을 위해 왕께 아뢰어 60리를 30리로 고쳐 드리리다."

그 후 왕은 촌장의 말을 받아들여 60리를 30리로 고쳐 주었고 마을 사람들은 이 소식을 듣고 매우 기뻐했습니다. 이제 고생을 덜하게 되었다고 마을 사람들은 이구동성으로 말했습니다. 그러나 그때 마을의 한 청년이 외쳤습니다.

"마을 주민 여러분, 60리를 30리로 고친다고 거리가 가까워지는 것은 아닙니다. 다만 말만 바뀌었을 뿐 기뻐할 것 없어요."

그러나 마을 사람들은 촌장의 말만 듣고 청년의 말은 들으려고 하지 않았습니다. 그리하여 마을 사람들은 거리만 고친 그 길을 따라 물을 길어 왕에게 바쳤습니다.

마을 사람들이 참으로 어리석어 보입니다. 우리는 이 세상을 살면서 이와 비슷한 일을 많이 겪게 됩니다. 우리도 선거 때만 되면 반신반의하면서도 정치가들의 말을 믿습니다. 그러나 선거가 끝나면 마을 청년의 말이 확인되었듯이 믿음이 어리석었다는 것이 확인됩니다. 그러나 여기에서 끝나지 않습니다. 그들은 촌장 같은 사람을 시켜 다시 황당한 궤변으로 사람들을 속일 것입니다. 사람들은 또 어리석게도 그 말을 믿습니다. 똑같은 것에 이름만 바뀌었을 뿐인데 사람들은 그것이 새로운 것이라고 믿습니다. 이제 다시 거짓말이 횡행할 시기가 돌아오고 있습니다. 우리 모두 촌장의 교묘한 말에 속지 말고 청년의 말에 귀를 기울이는 지혜가 필요합니다.

질투하지 마라

:

마음을 수련하지 못하는 자는 자신의 삶을 불행하게 만든다

수련을 쌓을수록 많은 것을 이루는 법이다. 무엇을 의심하는가?
그대와 다른 사람의 거리가 벌어진다. 누구도 그대를 따라잡을 수
없다. _도교

어떤 스승이 제자를 두 명 두었는데 스승은 나이가 들어 다리를
앓고 있었습니다. 스승은 제자들에게 명하여 각자 다리를 맡아서
주무르도록 하였습니다. 그러나 두 제자는 서로 사이가 나빠서 서
로 싸우고, 미워하고, 질투하는 사이였습니다. 한 제자가 이 기회
에 다른 제자를 도태시키려고 마음먹었습니다. 그리하여 오른쪽 다
리를 주무르던 제자가 왼쪽 다리를 돌로 내리쳐 다리를 부러뜨렸습
니다. 스승에게는 다른 제자가 한 것처럼 보이려고 다른 쪽의 다리
를 돌로 내리친 것입니다. 그러자 다른 한 제자도 이에 질세라 오
른쪽 다리를 돌로 내리쳤습니다. 결국 스승의 다리는 양쪽이 다 부
러지고 말았습니다.

우리도 이 이야기의 두 제자처럼 한없이 서로 싸우고, 미워하고, 질투합니다. 그리하여 그 결과로 참으로 어이없는 일을 저지르곤 합니다. 시기와 질투는 사람의 이성을 마비시키고 마음을 악으로 가득차게 하여 자기의 감정을 다스리지 못하게 하고 종국에는 자기 마음속에 사는 악에게 지배를 당하게 합니다. 자신의 마음을 수련하고 정화하는 데 계속해서 노력을 기울어야 합니다.

누구라도 자신이 그렇게 되고 싶다고 습관적으로 생각하면 그 생각하는 대로 이루어집니다. 그렇기에 당신이 살아가면서 늘 자기의 마음을 수련한다면 당신은 악의 유혹으로부터 벗어날 수 있습니다. 그리고 시기와 질투심으로부터 벗어나 마음이 한결 가벼워질 것이고 행복감을 느끼게 될 것입니다. 당신의 삶은 그로 인하여 늘 풍요로울 것입니다. 오늘 자신의 마음을 갈고 닦는 것은 미래의 창을 여는 것입니다. 오늘 올바르게 살려고 노력하지 않는 자는 내일이 된다 해도 발전이 없습니다. 결국 그대로 정체되어서 인생이라는 바다에서 표류하게 됩니다.

말로만 떠벌이지 마라

⋮

배우고 노력하지 않으면 아무것도 얻을 수 없다

여름 밤 불 속에 뛰어드는 날벌레를 어리석다 하지만 처세에 있어서 남보다 잘난 척하고 덤벙거리며 앞서는 것은 불 속에 뛰어드는 벌레의 운명을 밟기 쉽다. 지혜로운 사람은 뜻은 높이 지니되 행동은 한 걸음 물러서는 법이다. _채근담

잘난 척하기를 잘하는 사람이 장사꾼들과 동행하여 바다로 나가게 되었습니다. 그는 여러 사람 앞에서 자신의 배에 대한 지식을 자랑했습니다.

"바다에서 배를 부리는 방법을 나만큼 잘 아는 사람도 없을 거요. 많은 책을 보고 배우고 익혔으니까요."

사람들은 그 말을 깊이 믿었습니다. 그런데 그들이 항해를 시작한 지 얼마 되지 않아 선장이 갑자기 죽었습니다. 배를 부릴 줄 아는 사람이 없어 어쩔 수 없이 잘난 척하는 사람이 선장을 대신하여 일을 하지 않으면 안 되었습니다. 바람도 불지 않고 파도도 치지 않았기에 항해는 순조로웠습니다. 그러나 잠시 후 물이 굽이쳐 돌

며 급히 흐르는 곳에 이르렀습니다. 그는 주변에 있는 사람들에게 외쳤습니다.

"키는 이렇게 잡고 배를 이렇게 바로 잡아야 한다."

그러자 주위 사람들이 그에게 말했습니다.

"빨리 하라고, 잘 안다면서 자기가 하지 왜 남을 시켜."

실제 경험이 없는 그 잘난 척하는 사람은 배를 부리는 일이 생각 대로 될 줄 알았지만 막상 일을 당하자 어쩔 줄 몰라 했습니다. 결국 배는 빙빙 돌기만 할 뿐 앞으로 나아가지 않았습니다. 그리하여 배 안에 있던 사람들은 결국 바다에 빠져 죽고 말았습니다.

잘난 척하기보다는 늘 부족함을 느끼고 배우고 익히는 데 게을리 하지 마세요. 자신의 부족함을 모르고 잘난 척하는 사람은 어느 순간 일이 닥치면 허둥지둥하다가 자기만 위험에 빠지는 것이 아니라 그 잘난 척하는 것을 믿어 준 남까지 곤란에 빠트립니다. 지금 잘 난 척하기보다는 부족함을 느끼고 세상일을 배우고 익히는 데 끝없 이 노력하세요.

배가 이론만으로 가지 않듯이 세상일이란 책이나 잡지에서 본 것 이나 자기가 배운 것처럼 이루어지지는 않습니다. 세상일이란 럭비 공처럼 어디로 방향을 잡을지 아무도 모릅니다. 그러나 어떤 사람 들은 자기의 짧은 지식으로 세상의 모든 것들을 다 아는 것처럼 떠 들어대는 경향이 있습니다. 정말로 어리석은 일이 아닐 수 없습니 다.

산을 산으로 보아야 한다

⋮

지나친 욕심은 사물을 제대로 보지 못하게 한다

마음에 욕심이 가득 차면 깊은 못에서도 물결이 끓어 산림 속의 고
요함을 보지 못하고, 마음이 텅 비면 무더위 속에서도 서늘함이 일
어 저잣거리 가운데 있으면서도 자신이 그 시끄러움을 모르느니
라. _채근담

헤세의 글 중에 이런 말이 생각납니다.

"산을 두고 볼 때, 그것을 사려고 생각하거나 세를 내려고 생각
하거나, 또 나무를 베어내려고 생각하거나 하면서 바라보면, 그건
산이나 숲이 아니라 욕망의 계획이나 자기의 지갑과 숲의 관계일
뿐이다. 그러나 산이나 숲에서 아무것도 바라지 않고, 우거진 녹색
을 본다면, 그때 비로소 숲이 산이 되며, 자연이 되고, 또한 동시에
아름다워진다."

우리들이 이 세상을 살아가면서 만약 어떤 욕망에 사로잡혀 사물
을 바라볼 때, 욕망의 눈 자체는 불순하여 자신이 바라보는 사물을

바로 보지 못하게 합니다. 그리하여 사실을 사실대로 바라보지 못하고 아름다움을 아름다움으로 보지 못하고 사물을 왜곡해서 바라보게 됩니다.

우리가 욕심을 버리고 사물을 바라볼 때 제대로 볼 수 있는 것입니다. 자연경관이 아름다운 곳에 가서 자연에 몰두하기보다는 이곳에 땅을 사 놓으면 땅값이 많이 오르겠다든지 별장을 지어 분양을 하면 돈을 많이 벌겠다든지 하는 다른 생각을 품는 것은 바로 마음이 순수하지 못하고 욕심이 가득 차 있다는 것입니다.

우리가 우리 마음속에 있는 욕심을 버릴 때 우리는 아름다운 것을 아름답게 바라볼 수 있고, 순수한 것들을 순수하게 바라볼 수 있고, 또 사물을 있는 그대로 볼 수 있는 것입니다.

비난과 비웃음을 두려워하지 마라

:

평판이 중요한 것이 아니라 준비하는 삶이 더 중요하다

행복이란 건 대개 현재와 관련되어 있다. 목적지에 닿아야 비로소 행복해지는 것이 아니라 여행하는 과정에서 행복을 느끼기 때문이다. _앤드류 매튜스

장자에 나오는 우화 중에 이런 이야기가 있습니다.

북해의 끝에 '곤' 이라는 이름의 물고기가 살고 있습니다. 그 크기가 너무 커서 몇 천리가 되는지 알 수가 없습니다. 그 곤이 화하여 '붕' 이라는 이름의 새로 바뀝니다. 그 키 또한 몇 천리가 되는지 알 수가 없습니다. 붕이 힘껏 나는 날이면 그 날개가 능히 창공을 가려 구름으로 여겨질 만큼 놀라운 크기입니다. 이 새는 바닷물이 출렁일 때 태풍이 이는 때를 타고 남해의 끝간 데로 날아갑니다.

그러나 매미나 작은 비둘기는 이 대붕의 모습을 보고 말합니다.

"구태여 녀석처럼 구만 리나 멀리 날아 올라 남쪽으로 갈 것이 무어란 말인가? 우리는 그렇게 먼 거리를 날 필요가 없는데 그 먼 거

리를 날아 남쪽으로 가는 대붕은 참으로 어리석은 녀석이다."

삶은 먼 길을 가는 것입니다. 자신이 태어나서 죽을 때까지 삶의 길을 떠나는 것입니다. 당신의 길을 가세요. 당신의 주변에서 무슨 말을 하던 그 길을 묵묵히 가세요. 다른 사람들의 비난과 비웃음을 두려워하지 마세요. 당신의 운명은 당신이 내딛는 발걸음 하나하나에 의해 만들어집니다.

아침에 태어나서 저녁에 죽는 하루살이는 한 달의 길이를 모르며, 여름에 태어나서 가을에 죽는 여름 쓰르라미는 1년이라는 세월을 모릅니다. 마찬가지로 먼 길을 가보지 않은 자는 먼 길을 왜 가는지 모릅니다. 그리고 먼 길을 가는 자를 비웃을 것입니다.

뜻을 가지지 못한 자들이 뜻을 품은 자를 이해 못하고 비웃을지라도 자기 운명의 길이라고 생각되는 먼 길을 굳건하게 가세요. 비난과 비웃음을 두려워할 필요가 없습니다. 참새가 봉황의 뜻을 알지 못하듯 당신이 세운 뜻을 이해해 주지 못하더라도 삶의 바다에서 펼쳐지는 자기 운명의 먼 길을 꿋꿋하게 가세요.

달콤한 말에 속지 마라

:

아름다운 장미꽃에는 가시가 있고 달콤한 말에는 독이 있다

돈 무더기를 가지고 유혹해도 조금도 동요되지 않는 사람들조차도 겉치레의 달콤한 말 앞에서는 쉽게 무너져 버린다. _헨리 워드비처

원숭이 사육사가 원숭이에게 도토리를 나누어 주면서 말했습니다.

"아침에는 세 개씩, 저녁에는 네 개씩이야."

이 말을 들은 원숭이들이 모두 화를 냈습니다. 그러자 원숭이 사육사가 원숭이들에게 다시 말했습니다.

"그렇다면 아침에는 네 개씩, 저녁에는 세 개씩이야."

이 말을 들은 원숭이들은 기쁨을 감추지 못했습니다.

이 우화는 장자의 '제물론'에 있는 이야기입니다. 원숭이들이 어리석게 느껴집니다. 그렇지만 원숭이들의 어리석음보다는 원숭이 사육사의 그 교활한 꾀가 더 얄밉게 느껴집니다.

우리가 사는 이 세상에도 마치 원숭이 사육사가 말을 바꿔서 원숭이들을 속이듯이 어떤 때는 달콤한 말로 어떤 때는 위협적인 말로 다른 사람들을 속이고 자기의 이득을 취하는 사람들이 있습니다. 그들은 겉으로는 다른 사람들을 걱정하는 듯이 말하지만 속으로는 자기의 이익을 위하여 사람들을 속이고 있는 것입니다.

교묘한 말로써, 달콤한 말로써, 위협적인 말로써 지금 이 시대는 교활한 술책들이 범람하고 있습니다. 당신이 당신의 삶을 실패하지 않으려면 다른 사람의 말을 쉽게 믿으면 안 됩니다.

화술이라고 하여 말하는 기술을 배우는 시대입니다. 말 잘하는 사람이 넘쳐나는 세상입니다. 화려한 언변에 쉽게 넘어가면 나중에 후회하게 됩니다. 말만 믿지 말고 그 말의 내면을 들여다볼 수 있는 힘을 키워야 합니다. 그리고 특히 달콤한 말을 경계하세요. 달콤한 말에는 독이 들어있을 확률이 아주 높습니다.

자신의 작은 능력에 도취되지 마라

:

버마재비와 같은 행동은 자신의 삶을 망친다

거만한 사람은 타인과 거리를 둔다. 그런 거리에서 보면 타인이 작게 보이기 때문이다. 그러나 결국 자기 자신도 그들에게 작은 크기로 비춰진다는 것을 잊고 있다. _찰스 칼렙콜튼

중국의 고전 '장자'에는 버마재비에 대한 이야기가 있습니다.

버마재비가 어깨를 으쓱거리며 풀밭을 걷고 있었습니다. 한껏 위세를 부리면서 풀밭을 걷고 있었습니다. 파리가 그 모습을 보고 기겁을 하면서 무서움에 떨며 날아가 버렸습니다. 앞으로 더 걸어가자 개미를 만났으나 역시 그 놈도 무서워하며 길을 비켜주었습니다. 메뚜기도 그랬고 쇠파리도 그를 보자 도망갔습니다. 버마재비는 이 모습을 보자 우쭐해졌습니다.

그때 저편에서 수레가 오고 있었습니다. 버마재비는 더욱 어깨와 날개를 펴서 수레에게 겁을 주려고 했습니다. 그래도 수레는 계속해서 앞으로 다가왔습니다. 버마재비는 있는 힘을 다하여 수레에게

겁을 주려고 어깨와 날개를 폈습니다. 그러나 수레는 멈추지 않았습니다. 그러다 그만 수레의 바퀴에 깔려서 죽고 말았습니다.

이 이야기의 버마재비(螳螂)을 알고 있나요? 버마재비가 그 어깻죽지를 펴고 커다란 수레 앞에 버티고 서서 길을 막고 수레에 대항하려고 하는 모습을 보면 자기가 하는 일이 얼토당토 않다는 것을 모르고 있습니다. 평소에 작은 벌레를 잡아 족친 팔뚝 힘에 도취하고 있으니 그 행동의 결과는 참으로 비참한 것입니다.

자신의 몇 가지 장점만을 가지고 상대를 얕보는 것은 위험한 일입니다. 자기가 남보다 더 머리가 좋고, 돈도 잘 벌고, 높은 지위에 있다고 해도 겸손해야 합니다. 겸손하지 못한 사람은 장자의 이야기에 나오는 버마재비처럼 언젠가는 자기보다 더 강한 상대방을 만나 비참한 결과를 당하게 될 것입니다. 조그마한 자기 힘에 도취해서 세상을 그렇게 살아서는 안 됩니다. 그것은 비참한 결과만을 가져다 줄 뿐입니다.

거짓으로 인간관계를 맺지 마라

：

거짓으로 맺은 인간관계는 유지되지 않는다

다른 사람을 대할 때 그 사람의 몸도 내 몸같이 소중히 여기라. 내 몸만 귀한 것이 아니다. 남의 몸도 소중하다는 것을 잊지 마라. 그리고 네가 다른 사람에게 바라는 일을 네가 먼저 그에게 베풀어라.

_공자

인간관계를 맺을 때 거짓으로 상대를 대하지 마세요. 당신이 진심으로 상대를 대하면, 상대도 당신의 진심을 느끼고 당신을 진심으로 대하는 법입니다.

해변에 살면서 갈매기를 좋아하는 한 사내가 있었습니다. 그는 매일 아침 바닷가로 나가서 갈매기와 어울렸습니다. 어느 날 그의 아버지가 사내에게 말했습니다.

"너는 갈매기와 어울려 논다는데 그 놈을 잡아와라. 장난감으로 삼고 싶으니…"

그래서 다음 날 사내는 아버지에게 갈매기를 잡아 드리려고 바닷가에 나갔습니다. 그러나 사내만 나오면 몰려오던 갈매기들이 주위로 날아오지 않고 하늘 위에서만 날고 있을 뿐이었습니다. 사내는 한참을 갈매기가 날아오기를 기다렸지만 갈매기는 끝내 날아오지 않았습니다.

갈매기와 같은 짐승도 자기를 해치려 하는 상대편의 마음을 금방 알 수 있습니다. 하물며 인간이 자기에게 해를 끼치는 상대편의 마음을 모를 리 없습니다. 거짓으로 친절하고 친한 척하며 상대에게 접근하지만 그 마음이 진심이 아니라면 상대편의 마음을 곧 눈치챌 수 있습니다. 그러면 인간관계는 그것으로 끝납니다.

인간관계를 맺을 때는 거짓으로 대하면 안 됩니다. 진심으로 상대를 대하면, 상대도 이쪽의 진심을 느끼고 진심으로 대해 줄 것입니다.

⋮

도적이 공자를 꾸짖으니 공자는 할 말이 없었다

우리들은 한마디로 허위, 무책임, 모순 덩어리일 뿐이다. 그렇기
때문에 스스로 자신을 숨기거나 위장하는 것이다. _파스칼

장자의 '도적' 편에는 이런 이야기가 있습니다.

공자가 흉악한 도적을 설득하러 갔습니다. 그러자 이 도적은 오
히려 공자에게 면박을 주었습니다.

"나뭇가지 같은 관을 쓰고 소가죽을 맨 공자야. 스스로 경작하지
않으면서 배불리 먹고, 스스로 천을 짜지 않으면서도 잘 입고, 너
야말로 천하의 대죄인 아니냐."

장자가 사람들에게 교훈을 주려고 만들어낸 말이지만 도적의 짧
은 말이 우리에게 설득력을 줍니다.

자신은 아무 일도 안 하면서 비천한 일을 한다고 다른 사람을 깔

보고 흉보는 경우가 있는데 이것은 정말로 잘못된 것입니다.

부모님이 물려준 재산을 가지고 무위도식하면서 방탕한 생활을 하는 사람이라면 위의 이야기처럼 세상의 그 누구도 흉볼 수 없는 것입니다.

그 사람 자체가 더 큰 죄인이기 때문입니다. 아무 일도 안 하면서 남의 도움으로 사는 사람도 마찬가지입니다. 그들이야말로 이 세상에서 비난받아야 할 사람입니다.

장자는 이 이야기를 제자들에게 들려주면서 다음과 같은 사족도 붙였습니다.

"군자라고 일컬어지는 진지한 인간들은 예의나 규범 같은 것은 엄격하게 잘 알고 있지만 상대의 마음의 괴로움이나 처지를 애정 있게 생각하지는 않는다. 그래서 인정이 없다."

경솔하게 행동하지 마라

:

신중하게 생각하지 않으면 돌이킬 수 없는 실수를 한다

남을 경솔하게 나쁜 쪽으로 판단하지 말아야 한다. 아무개가 지금
내 욕을 하고 있겠지, 혹은 그의 심중에는 나에 대한 나쁜 비판이
가득 차 있겠지. 이런 상상이 판단으로 옮겨지지 않도록 주의해야
한다. 그 결과 확실치 못한 남의 마음과 행동을 나쁘게 규정짓고
동시에 나 자신이 약하게 되고 만다. _A. 알랭

공자의 제자 중에 증삼이라는 사람이 있었습니다. 그는 효자로
이름이 널리 알려져 있었습니다. 그는 비라는 마을에 살았습니다.
그 마을에는 공자의 제자 증삼과 동성동명의 사람이 살고 있었습
니다. 어느 날 똑같은 성과 이름을 가진 사람이 살인을 저질렀습니
다. 그래서 마을 사람 중에 누군가가 증삼의 모친에게 이렇게 말했
습니다.

"증삼이 사람을 죽였다오."

그러나 증삼의 어머니는 그 사람에게 말했습니다.

"내 아들은 살인 같은 짓은 하지 않아요."

그리고 하던 일을 계속 하였습니다.

한참 후에 마을 사람 중에 다른 사람이 또 증삼의 모친에게 말했습니다.

"증삼이 사람을 죽였다오."

이 말을 들은 증삼의 모친은 여전히 표정의 변화가 없이 하던 일을 계속하였습니다.

다시 한참 후에 마을 사람 중에 다른 사람이 또 증삼의 모친에게 말했습니다.

"증삼이 사람을 죽였다오."

증삼의 모친은 이 말을 듣자 움찔 놀라면서 하던 일을 내던지고 아들에게 뛰어갔습니다.

이 이야기의 교훈은 증삼과 같이 효자로 이름이 높고 모친의 신뢰를 사고 있어도, 세 사람이 의심을 하면 그 사람의 어머니조차도 자기의 아들을 믿지 않게 된다는 교훈을 가지고 있습니다.

한비자도 이런 말을 했습니다.

"한 사람이 '시장에 호랑이가 나왔다'고 하면 왕이 믿지 않겠지만 세 사람이 같은 말을 하면 믿게 될 것입니다."

아무리 굳은 믿음이 있어도 주변에서 여러 가지 말을 하면 믿음이 흔들립니다. 그래서 다른 사람들의 말만 듣고 돌이킬 수 없는 경솔한 행동을 할 때도 있습니다.

　말만 듣고 행동을 취하지 마세요. 어떤 행동을 취할 때는 정말 신중하게 생각하여 결정하세요. 다른 사람의 말을 참고하기는 하되 전적으로 믿지는 말고 행동하기 전에 다시 한번 생각하고 행동을 취하세요.

남을 흉내내지 말고 스스로 깨달음을 얻어라

⋮

노예적인 삶을 살지 말고 자주적인 삶을 살아야 한다

너 자신의 생각을 주장하라. 결코 남의 흉내를 내지 마라. 자신이 타고난 재능을 그 동안 쌓아 온 능력과 함께 발휘해 보라. 다른 사람의 재능을 따라 하는 것은 일시적인 것이다. 각자가 어떤 능력을 발휘할 수 있을지는 신만이 안다. _에머슨

어느 절에 유명한 늙은 스님이 있었습니다. 그 유명한 스님은 누가 어떤 것을 물어올 때마다 아무 말도 없이 손가락 하나를 들어 보였습니다. 그런 모습을 본 동자승이 스님의 모습을 곧잘 흉내 내었습니다.

어느 날 그 절에 떠돌이 스님이 찾아와 늙은 스님을 찾았습니다.

"지금 스님께서는 출타중이신데요. 스님께서는 어떤 일로 스님을 찾으세요?"

"깨달음이 부족하여 스님에게 가르침을 받고자 온 게지."

떠돌이 스님이 이렇게 말하자 동자승은 회심의 미소를 지으며 말했습니다.

"스님, 그런 거라면 저한테 물어보세요."

동자승은 늙은 스님의 가르침이 무언지는 모르지만, 누가 어떤 것을 물어올 때나, 가르침을 청할 때마다 늙은 스님은 다만 손가락 하나를 들어 보인다는 걸 알고 있기에 자신 있게 대답했습니다. 떠돌이 스님은 동자승을 향해 늙은 스님을 대하듯이 합장을 하고는 진지하게 질문을 던졌습니다.

"그래, 그대의 깨달음은 무엇이오?"

동자승은 가르침을 청한 스님에게 손가락 하나를 들어 보였습니다. 그러자 떠돌이 스님은 그 동자승에게 깊이 허리 숙여 합장을 하고 돌아갔습니다. 동자승은 이 모습을 보고는 그것이 무엇을 뜻하는지는 몰라도 의기양양했습니다.

그 일이 있고 난 후에 이런 일이 반복되었습니다. 구도자들이 찾아와 물을 때마다 동자승은 늙은 스님을 흉내 내어 손가락을 들어 보였고 그러면 모두들 고개를 끄덕이거나 합장을 하고 돌아갔습니다.

차츰 동자승은 불법은 공부하는 것을 게을리하게 되었습니다. 그의 마음에서는 이미 불법도 별것 아닌 게 되어 버렸습니다. 주위에 있는 다른 스님들이 동자승에게 그런 행동을 자제하라고 했으나 이미 재미를 붙인 동자승은 주변 사람들의 충고에도 불구하고 계속해서 이런 행동을 하였습니다.

이런 행동이 입에서 입으로 전해져 늙은 스님도 알게 되었습니다. 늙은 스님이 어느 날 동자승을 불렀습니다.

"그래, 내가 배우라고 한 불법에 대한 공부는 하느냐?"

"예, 스님."

그 동자승은 늙은 스님에게 자신 있게 말했습니다.

"그래, 내가 너에게 하나 물을 테니 답해 보거라. 그래, 선이 무엇이더냐?"

그 동자승은 언제나처럼 무심결에 손가락 하나를 들어 스님에게 보였습니다.

순간, 늙은 스님은 칼을 들어 동자승의 손가락을 잘라버렸습니다. 동자승은 놀람과 고통으로 뛰쳐 일어나 방에서 나가려 했습니다.

늙은 스님이 동자승을 불러 세웠습니다.

"얘야!"

동자승이 멈춰 서서 돌아보았을 때, 그 늙은 스님은 손가락 하나를 들어 보였습니다. 동자승도 늘 하던 대로 손가락 하나를 들어 보이려고 했지만 손가락은 이미 거기에 없었습니다. 동자승은 다른 손가락을 들어 올려 보이려다가 멈춰섰습니다.

동자승은 자기의 내면에서 들려오는 깨달음의 소리를 들었습니다.

"남을 따라 하는 삶은 노예적인 삶이다. 무엇을 뜻하는지도 모르고 무조건 따라 하는 것은 이미 없어진 손가락처럼 아무것도 없는 존재일 뿐이다. 내가 따라야 할 것은 살아 있는 정신이지 단순한 형식이 아니다. 높은 차원의 동의나 긍정은 외적 형식이 아니라 바로 그 정신에 있다."

늙은 스님은 동자승의 손가락을 자름으로써 그에게 매여 있는 노예적인 한 영혼을 자유롭게 해 준 것입니다.

이 글을 보면서 느낀 것은 대부분의 사람들은 이 글에 나오는 동자승처럼 그것이 무엇을 뜻하는지도 모르고 그냥 무조건 따라 하는 노예적인 삶을 살고 있다는 것입니다.

이 글의 동자승처럼 무조건 따라 하는 것도, 무조건 믿는 것도 다 노예적인 삶일 뿐입니다. 어떤 것을 믿는다는 것은 그 어떤 것에 대한 깨달음이 있어야지 무턱대고 그대로 따라하는 것은 내가 나이기를 포기하는 것과 마찬가지일 뿐입니다.

어떤 상황에서도 삶의 나침반을 버리지 마라

:

이익을 위해 나침반을 버린다면 허우적거리다가 물에 빠진다

나는 하나의 종착점을 알고 있다. 그것은 무덤이다. 이것은 누구나 다 알고 있으며 길잡이가 필요하지 않다. 문제는 그곳까지 가는 길에 있다. 물론 길은 한 가닥이 아니다. _노신의 묘비글

당신 삶의 길잡이를 버리지 마세요. 짧은 순간이라도 눈앞의 이익을 위하여 삶의 길잡이를 버려서는 안 됩니다. 만약 당신 삶의 길잡이가 되는 것을 한 순간이라도 버리면 당장에는 많은 것을 얻은 것 같지만 그 순간이 지나면 바로 인생의 바다에서 길을 잃고 맙니다.

삶이 힘들고 고달파도 삶의 길잡이가 되는 마음가짐을 버리지 마세요. 그 길잡이가 되는 마음가짐이야말로 당신을 사람답게 살 수 있게 해 주는 당신 삶의 나침반입니다.

아주 오래 전, 같은 지방에 살면서 장사를 하는 친구들끼리 큰 바

다로 나가게 되었습니다. 바다로 나가려면 길잡이가 필요했기에 그들도 한 사람의 길잡이를 구하여 동승시켜 바다 한 복판으로 나가게 되었습니다. 한참을 가다 일행은 격랑을 만나게 되었습니다. 그러나 그곳은 공교롭게도 옛날부터 해신이 살아 제물을 바치지 않으면 심한 풍랑이 일어 배를 난파시킨다는 전설이 있는 지역이었습니다. 파도가 심해지자 한 사람이 해신에게 제사를 지내자고 제안을 했습니다.

"이곳을 무사히 지나려면, 사람을 죽여 해신에게 제사를 지내야 해. 그러니 어서 제사를 지내야 하네."

일행들은 그 친구의 말을 듣자 안색이 창백해졌습니다. 그리곤 제사를 지내기로 마음먹었습니다. 그러나 해신에게 제물로 바칠 사람이 문제였습니다. 누구도 죽고 싶은 사람은 없었기에 제물이 되겠다고 나서는 사람이 있을 리가 없었습니다. 그리고 배에 타고 있는 사람들은 같은 지방에 사는 친구들이기에 결국 길잡이를 제물로 쓰기로 결정했습니다.

그들은 길잡이를 죽여 해신에게 제사를 지냈습니다. 그러자 격랑이 멈췄습니다. 그들은 남을 죽여 제사를 지내고 자기들은 살아서 무사히 집으로 돌아가게 되었다고 기뻐했습니다. 그러나 그 기쁨은 오래 가지 않았습니다. 그들은 길잡이를 죽였기에 망망대해에서 길을 잃어버리고 말았습니다. 그들은 바다를 떠돌아다니다가 모두 굶어 죽었답니다.

사람들은 자기의 이익을 위해 종종 남에게 피해를 주거나 남의 생명을 빼앗기도 합니다. 그러나 이 이야기처럼 그런 행동은 곧 가해자들에게 돌아옵니다. 짧은 순간 남의 것을 빼앗아 행복감에 젖을지 모르나 그 행복감은 아주 짧은 극히 찰나적인 것입니다. 좋은 가르침과 행동을 길잡이로 삼아야 하나 길잡이가 필요 없다 해서 제멋대로 인생의 배를 저어가는 사람들이 많으니 이 이야기에 나오는 어리석은 장사꾼과 같습니다. 길잡이를 버리면 마침내는 길을 잃고 인생의 바다에서 방황하거나 허우적거리다가 지쳐 죽고 말 것입니다.

이 세상을 살면서 인생이 힘들고 고달파도 자기 삶의 길잡이가 되는 마음가짐을 버려서는 안 됩니다. 그 길잡이가 되는 마음가짐이야말로 우리를 사람답게 살 수 있게 해 주는 인생의 나침반이라고 할 수 있습니다.

자신의 위치에서 최선을 다하라

:

머리와 꼬리가 바뀌면 자신을 망치고 남도 망친다

벌레들은 불에 타 죽는 줄도 모르고 불 속으로 뛰어든다. 물고기는 위험한 줄도 모르고 낚시 바늘의 먹이를 문다. 그러나 우리들은 불행의 그물이 있음을 잘 알면서도 관능적인 향락에서 떠나지를 못한다. 인간의 어리석음은 이처럼 끝이 없는 것이다. _인도 격언

어느 숲 속에 뱀이 한 마리 살고 있었습니다. 그 뱀의 머리와 꼬리는 사이가 나빴습니다. 머리는 꼬리의 의견을 듣지도 않은 채 자기가 가고 싶은 곳으로만 방향을 잡았습니다. 그러니 꼬리는 늘 불만이 많았습니다. 참다 참다 더 이상 못 참게 된 꼬리가 어느 날 머리에게 말했습니다.

"이봐! 잠깐 기다려. 너만 매일 앞서 가니 불공평하지 않니? 오늘은 내가 앞서 갈 테니 선두를 나에게 양보해라."

그러자 머리가 꼬리에게 말했습니다.

"너는 눈이 없어 앞을 보지 못하고 그리고 언제나 내가 앞서서 갔는데 갑자기 그게 무슨 소리냐?"

머리는 꼬리의 말을 무시하고 앞으로 가고자 하였습니다. 그러자 화가 난 꼬리는 나무를 칭칭 감고 머리가 앞으로 가지 못하게 하였습니다. 머리는 마지못해 꼬리에게 선두를 양보하였습니다. 그래서 꼬리는 앞장을 섰습니다. 그러나 꼬리는 눈이 없어 방향을 엉뚱한 곳으로 잡았고 마침내 절벽에서 떨어져 죽고 말았습니다.

지금 우리가 사는 이 세상도 머리와 꼬리가 뒤죽박죽되어 있어 혼란합니다. 모두들 꼬리보다는 머리가 되겠다고 나섭니다. 그러나 머리가 되면 언제 꼬리였냐는 듯이 꼬리의 의견을 싹 무시하고 독단적으로 행동합니다.

자격도 없는 사람들이 머리가 되겠다고 설치는 바람에 이 사회는 방향을 잃고 기우뚱거리고 있습니다. 진실로 머리를 해야 할 사람이 이 사회의 머리가 된다면 꼬리는 불만이 없을 것입니다. 그리고 구태여 꼬리가 머리가 되겠다고 나서지도 않을 것입니다. 자연히 머리와 꼬리가 일체가 되어 어울려 살게 됩니다.

용서하기를 망설이지 마라

:

남을 용서할 수 있을 때 행복을 얻을 수 있다

다른 사람을 꾸짖는 마음으로 자기를 책하고, 자기를 용서하는 마음으로 다른 사람을 용서하라. _소학

타인의 실수를 꾸짖을 때 애정을 가지고 꾸짖으세요. 그냥 우격다짐으로 힘으로 타인을 제압한다면 그는 마음에 심한 상처를 입을 것이고 그 상처를 인해 보복을 준비하게 될 것입니다.

당신에게 비록 피해를 입혔다 하더라도 용서해 줄 수 있다면 용서를 하는 것이 바람직합니다. 만약 당신이 보복을 한다면 그 보복은 또 다른 보복을 낳아 언젠가는 다시 당신이 보복을 당할 수도 있습니다. 용서를 할 수 있을 정도의 잘못이라면 차라리 용서를 해주는 것이 좋습니다.

아버지와 아들이 숲 속을 거닐고 있었습니다. 그들은 원숭이가 많이 살고 있는 숲을 지나게 되었습니다. 원숭이들은 사람들이 지

나가는 것을 신경 쓰지 않고 자기들끼리 마냥 즐겁게 놀고 있었습니다. 그런데 한 원숭이가 열매를 따다가 잘못하여 열매를 떨어뜨렸습니다. 그 열매가 공교롭게도 아버지의 머리 위에 떨어졌습니다. 원숭이들은 크게 놀라 도망을 갔습니다. 그러나 화가 난 아버지는 기어코 원숭이를 잡아서 호되게 때렸습니다. 그러자 원숭이도 화가 났습니다. 원숭이는 아버지를 따라온 아들에게 다가가 사람에게 맞은 분풀이를 그 아들에게 하였습니다. 그 일로 인하여 아들은 심하게 다쳤습니다.

보복은 보복을 낳습니다. 만약 아버지가 너그럽게 웃고 지나갔다면 아들이 심하게 다치는 일이 생기지는 않았을 것입니다. 그러나 아버지는 원숭이의 실수를 타이르기보다는 혼을 내주었습니다.

사람과 사람과의 관계도 마찬가지입니다. 사소한 실수로 인하여 잘못을 저질렀는데 그 실수를 너그럽게 봐주지 못하고 우격다짐으로 혼을 낸다든가 때리면 강한 반발심이 생기기 마련입니다. 실수를 뉘우치기보다는 혼을 낸 사람에게 나쁜 감정을 품게 되고 그리하여 언젠가는 보복을 하려고 마음 먹게 됩니다.

오해를 깨달았다면 즉시 화해하기를 망설이지 마라

:

남과 화해할 수 있을 때 풍요로운 삶을 기약할 수 있다

오해는 뜨개질하는 양말의 한 코를 빠뜨린 것과 같아서, 시초에 고
치면 단지 한 바늘로 해결된다. _괴테

어느 숲에 암수 두 마리의 비둘기가 사이좋게 살고 있었습니다.
그 비둘기들은 태어날 새끼들을 위해 과일을 물어다가 둥지에 가득
채워두었습니다. 장마철도 지나고 메마른 날씨가 계속되자 둥지에
가득 채워두었던 과일이 모두 바싹 말라서 반으로 줄어들고 말았습
니다. 그러자 어리석은 수비둘기는 암컷이 자기 몰래 과일을 먹은
것으로 오해를 했습니다.

수비둘기가 암비둘기에게 말했습니다.

"과일을 모으려고 얼마나 애썼는데 왜 혼자만 먹는 거야?"

암비둘기는 억울했습니다.

"내가 먹은 게 아니야."

암비둘기는 수비둘기의 말에 억울하다고 항변했습니다.

"나는 하나도 먹지 않았는데, 네가 먹지 않았다면 과일이 왜 줄

어들어?"

"내가 먹다니! 그런 터무니없는 소리 하지 마."

"이것 봐, 거짓말하지 말라고! 가득 차 있던 과일이 반밖에 남지 않았잖아."

"글쎄, 안 먹었다니까!"

두 비둘기는 계속해서 말다툼을 하였습니다.

"네가 먹었어, 거짓말하지 마!"

"아니야, 정말 안 먹었어!"

"이게 정말!"

"왜 그래, 도대체?"

그들은 서로 다투다가 수비둘기가 암비둘기를 심하게 쪼아 암비둘기는 큰 상처를 입었습니다. 마침내 암비둘기는 온몸에 피를 흘리면서 수비둘기를 원망하면서 죽어갔습니다. 그리고 곧 있으면 태어날 새끼들도 세상에 나와 보지 못하고 암비둘기의 뱃속에서 죽었습니다.

그 후 큰 비가 내려 둥지 속에 빗물이 스며들자 말라있던 과실이 불어나 전과 같이 가득 차게 되었습니다. 수비둘기는 그제야 자기의 어리석음을 깨달았습니다. 그러나 때는 이미 늦었습니다. 암비둘기는 이미 죽었기 때문입니다.

어떤 오해를 하고 있다면 그 오해를 풀기 위하여 최선을 다하세요. 오해를 풀기 위하여 대화를 시도하고 대화를 할 때 당신만 옳다고 우기지 마세요. 만약 당신이 우긴다면 오해로 인한 상처에 또 다른 상처까지 받을 수 있습니다. 진정으로 마음을 털어놓고 이해하려고 노력하세요. 그렇게 최선을 다한다면 만약 어떤 일이 오해였다면 틀림없이 그 오해는 풀릴 것입니다.

오해 때문에 돌이킬 수 없는 실수를 저지를 때가 있습니다. 이야기의 수비둘기가 암비둘기를 오해하여 생명을 잃게 한 것처럼 사소한 오해로 인하여 누군가에게 돌이킬 수 없는 상처를 줄 수도 있고 자기 자신도 돌이킬 수 없는 큰 상처를 입을 수도 있습니다.

오해는 어리석음이나 경솔함, 깊게 생각하지 않는 데서 생깁니다.

어떤 행동을 하기 전에 깊게 생각해야 합니다. 특히 타인에게 상처를 입힐 여지가 있는 말이나 행동은 참으로 신중하게 해야 합니다.

말이나 행동은 다시 돌이킬 수 없습니다. 깊게 생각하지 않고 경솔하게 행동하여 타인에게 상처를 입힌다면 그 상처는 자기 자신에게도 상처가 되어 괴롭힐 것입니다.

자신의 지식을 자랑하지 마라

:

현명해지려고 노력하지 않으면 낭패를 본다

진정한 지혜는 모든 것에 대한 지식이 아니라 살아가는 데 필요한
지식과 불필요한 지식과 알 필요가 없는 지식을 구별하는 것이다.
곧 필요한 지식이란 되도록 나쁜 짓을 하지 않고 훌륭하게 살아가
는 방법이 무엇인가를 아는 것이다. 그런데 안타깝게도 요즘 사람
들은 사는 데 가장 필요하고 소중한 지식을 연구하기보다는 쓸모
없는 학문을 연구하고 있다. _톨스토이

현명한 사람이 되기 위하여 노력하세요. 즉흥적이고 기분에 따라
행동하지 않기 위해서는 모든 일에 있어서 사려 깊게 생각하고 주
의 깊게 행동하세요.

머리가 나빠서 어리석은 행동을 하는 것이 아닙니다. 머리 좋은
사람들도 어리석은 일을 종종 저지릅니다. 세상일에 대하여 깊이
있게 생각하지 않으면 아무리 머리가 좋은 사람이라도 어리석은 생
각과 행동을 하게 됩니다. 머리가 좋은 사람보다는 현명한 사람이

되세요.

　인도의 어떤 지방에 각각 500마리의 부하를 거느린 두 마리의 두목 원숭이가 살고 있었습니다. 어느 날 한 무리의 두목 원숭이가 부하들을 거느리고 어떤 산촌을 지나가다 킨파카 독초에 열매가 많이 열려 있는 것을 발견하였습니다. 부하 원숭이들은 마침 배가 고픈지라 두목 원숭이에게 졸라댔습니다.

　"맛있게 생긴 열매가 많이 열려 있으니 좀 따먹고 가게 해 주세요."

　이 두목은 현명했기 때문에, 그 빛도 좋고 맛있게 보이는 열매가 과연 먹을 수 있는 열매인지 독초의 열매인지 자세히 조사하였습니다. 그러나 그 열매를 직접 먹어 보기 전에는 알 수 없었고 먹어봤다가 독이 있으면 위험하기 때문에 먹어 볼 수도 없었습니다. 그는 생각하고 생각한 끝에 부하들에게 이렇게 말했습니다.

　"먹어도 좋은 열매라면 마을 곁에 있음에도 인간들이 이렇게 손을 대지 않고 고스란히 남겨 두었을 리가 없다. 이 열매를 먹으면 죽거나 심하게 앓는 독이 있는 게 분명하다."

　두목 원숭이는 배가 고파 열매를 따먹으려고 하는 부하 원숭이들을 훈계해서 못 먹게 하고 그냥 지나갔습니다.

　그 뒤에 다른 무리의 두목 원숭이가 부하들을 거느리고 이 산촌을 지나가게 되었습니다. 부하들은 맛있게 생긴 열매를 보자 먹고 가자고 두목에게 졸라댔습니다. 그러자 두목 자신도 먹고 싶어졌습니다.

"그래, 실컷들 먹어라."

두목 원숭이나 마치 선심이나 쓰듯이 허락했습니다. 그러나 그것은 독성이 강한 열매였으므로 두목을 비롯한 500마리의 원숭이가 쓰러져서 신음하기 시작했습니다. 그로 인해 그 무리의 반 이상이 죽고 살아난 원숭이들도 오랫동안 앓았답니다.

현명한 사람은 주위의 사람들을 위험에서 구하지만, 어리석은 사람은 주위의 사람들까지 위험에 처하게 만듭니다. 머리가 좋은 사람이 아니라 현명한 사람이 되어야 합니다. 머리가 나빠서 어리석은 행동을 하는 것이 아닙니다. 세상일에 대하여 깊이 있게 생각하지 않으면 아무리 머리가 좋은 사람이라도 어리석은 생각과 행동을 하게 됩니다.